L'ÎLE SOMBRE

La croisée
Groupe Delcourt
8, rue Léon-Jouhaux
75010 Paris

www.editions-lacroisee.fr

Susanna Crossman

L'ÎLE SOMBRE

Traduit de l'anglais
par Carine Chichereau

la croisée

TITRE ORIGINAL :
Dark Island

À Andrew

Conception graphique :
Studio Delcourt/Soleil – Karine Picault

Écoute : roc de rêves
esquisse d'île
ton amour sombre
est sans repères.
J'ai oublié les mots
pour te dire
très tôt
qu'il était trop tard.

Tu sais bien comment c'est, le matin, songea Clarice, tu es remplie d'espoir et de doute, tu vois des promesses et des signes. Le jour est là, et tu dois faire face. Allez, debout. Habille-toi. Suis le soleil. Elle pointa du doigt le panorama : « Regarde, regarde ! Oh, Charlie. » La brume du petit matin drapait la mer, l'île, et ses flancs rocheux. Depuis le promontoire du parking, l'île semblait flotter, en suspens, sur les vagues légères. Un château féerique dans le ciel, un endroit que désirait Clarice, comme un désir d'appartenance. Un ancrage, plutôt. L'île, vierge, un monde en soi, à jamais. Les îles pouvaient être ainsi. Solitaires. Mais plus maintenant. Son esprit revint à la nuit passée. À la bague. À ces fiançailles, enfin. Charlie avait jusque-là insisté sur le fait qu'il voulait économiser, attendre que tout soit prêt, enfin c'est ce qu'il disait, même si parfois Clarice se demandait s'il était vraiment sûr de lui. Et voilà qu'à présent, ça y était. Elle se voyait avec Charlie, leur photo dans un cadre en argent, luisant sur une cheminée.

Un nuage cacha le soleil. L'île avait l'air différente à présent, sombre, désolée. Une motte. Un grumeau de terre détaché de la côte. En surplomb,

Clarice remarqua la demeure entourée d'un mur. Un amoncellement de pierres. Un bouquet d'arbres. Elle distinguait seulement une fenêtre, à l'étage. Un écran de verre sans expression. Tel un œil ouvert qui regardait dans les siens, qui voyait tout, savait tout, l'aspirait à travers son orifice. Clarice frissonna. Charlie interrompit brusquement ses divagations. Rêves éveillés. Cauchemars. Ceux qu'elle ne pouvait oublier. Pourquoi persistaient-ils ? Charlie beuglait, comme toujours : « Hé ! Viens me donner un coup de main », et il lui passa les sacs à dos, les anoraks, les packs d'eau, la glacière, la lampe torche, les sacs de couchage, la lampe à gaz, les serviettes, l'attirail de plage, les tubes de crème solaire et enfin la bouteille de vin. « Je t'avais dit d'en prendre plusieurs », déclara-t-elle. « À quoi bon ? demanda Charlie. Il y a du gin, là-dedans, ajouta-t-il en tapotant la glacière. Pourquoi aurait-on besoin de plus de vin ? »

Une voiture s'arrêta près d'eux, un homme en sortit avec son chien.

« Bonjour. Belle journée, hein, dit-il.

— Oui, répondit Charlie qui attendait que l'inconnu s'en aille pour continuer. Il fait chaud, pour un mois de juin. C'est inhabituel. » Charlie sentait sur lui le soleil. Le frottement de la laine. La chaleur, soudain, sur son épais cou blanc. La sueur sous ses aisselles. Le chien plongea le museau dans l'un des sacs. « Vous allez camper ? » demanda le type amusé, tirant sur la laisse du chien. Clarice répondit : « Oui, en quelque sorte, enfin… ». Un regard de Charlie l'arrêta sur sa lancée. Il lui intimait de se taire, un ordre presque : Chut ! La veille, au téléphone, Josh avait insisté sur ce point : « Ce week-end sur l'île, c'est une occasion qui ne se présente qu'une fois, mais cela exige de la discrétion. Une totale discrétion. »

L'homme au chien s'éloigna. Charlie et Clarice ne disaient plus rien. Le silence suspendu entre eux, comme un drap sur une corde, maintenu par des pinces à linge. À nouveau, elle contemplait l'île, tandis qu'il entassait leurs affaires en piles bien nettes, tel un enfant édifiant soigneusement des murs avec ses cubes. Après tout, c'était à cela que Charlie passait ses journées, à évaluer les malfaçons d'un bâtiment, d'une propriété. C'était un homme prudent. Il ne contredisait jamais les faits. Allons, c'est le week-end, se dit-il, oublie le boulot. Il referma le coffre de la voiture d'un coup sec. Mission accomplie, il sourit. « Tu es prête, C ? » Clarice allait répondre, mais le moteur d'une autre voiture, un coup de frein brutal, détournèrent son attention. Une voiture de sport, chère, aux courbes d'argent ondoyantes.

« Voilà Josh ! cria-t-elle presque. C'est lui. » Les pensées se précipitèrent dans sa tête, profusion d'éclats, et elle se concentra pour endiguer leur impossible vélocité. Il y avait si longtemps qu'elle n'avait vu Josh. Elle avait beau lui téléphoner, il ne répondait jamais, ni ne la rappelait. Elle se redressa et sourit en pensant : Josh est là.

Charlie fit la moue devant son expression radieuse, tout en tripotant une boîte d'allumettes dont il faisait coulisser le petit tiroir de carton. À l'intérieur, les allumettes s'agitaient, avec un bruit léger. Charlie avait chaud, il se demandait s'il ne ferait pas mieux d'ôter son gros pull, sans doute trop épais pour une journée de juin pareille, qui promettait d'être longue, et dont la température risquait de grimper. Il ne cessait de se tourner et de se retourner vers l'île. « Un week-end d'escapade », ainsi que l'avait dit Clarice, la veille au soir, leur ferait du bien, un bol d'air en bord de mer. Se ressourcer. Pour ça, rien de tel que la nature. Seulement il fallait envoyer les faire-part de mariage, écrire des listes, annoncer la nouvelle, et cette question latente : comment leur dire ?

Soudain, Josh fut là. « Vous êtes arrivés, c'est super. » Il ouvrit les bras, aussi larges que l'horizon. Ses yeux bleus rayonnaient. Accueil chaleureux. Il savait y faire, songea Charlie, il n'y avait rien à dire. Le sourire, toujours. Un beau gosse. En voyant la pile de leur barda, Josh éclata de rire : « La vache, vous êtes sacrément équipés ! » Clarice se mit à glousser. Charlie acquiesça, entendant la portière s'ouvrir, côté passager. Une femme, bien sûr. Elle était grande, se tenait droite, à croire qu'elle renfermait un million de choses en elle, songea Charlie. Tout en retenue. Elle se dirigea vers eux lentement, peut-être n'avait-elle aucune envie d'être là. Elle tendit la main et dit d'un ton mesuré : « Enchantée.

— Clarice, Charlie, je vous présente Katherine », lança Josh avec une étincelle dans les yeux, un éclat. Il attrapa un sac de sport en cuir, un pack de bouteilles d'eau : « Suivez-moi », leur dit-il.

Tous quatre quittèrent le parking et s'engagèrent sur un chemin de terre sablonneux qui traversait les dunes en serpentant vers l'horizon. De fines cordes délimitaient le sentier, les obligeant à avancer les uns derrière les autres. Le chemin en pente était bordé de chaque côté de ronces, de touffes de graminées sauvages et de petits bosquets d'arbustes bruns et denses, obscurs entrelacs de branches, de brindilles et de brume. La rosée d'argent s'accrochait aux toiles d'araignée, décorant les feuilles de colliers de perles liquides. Le cerfeuil sauvage se dressait, constellé de boutons d'ivoire. Les digitales se tenaient bien droites, les tiges alourdies de clochettes mauves.

Le soleil déjà se levait.

Tout en marchant, Josh songeait à l'île. Son trophée. Un trophée qu'il avait baptisé « Calypso ». Afin de traiter cette affaire en toute confidentialité, comme il était de mise à l'agence, on utilisait des surnoms. Pas de vagues avant que tout soit signé. Venir ici pour le week-end, avant les potentiels acquéreurs, c'était déjà prendre un risque, comme de souiller une terre vierge. Mais quel intérêt de vivre sans transgression ? Travailler dur, parier gros. Il était joueur. Il le méritait, et puis ce n'était pas la première fois qu'il dérogeait à la règle. Tout le monde en faisait autant. L'essentiel, c'était de ne pas se faire prendre. Montrer de quoi on était capable.

La vente commencerait la semaine suivante. Une exclusivité. Le luxe suprême. Un de ses collègues avait lancé cette petite phrase : « Acheter une île, c'est jouer les princes. » La pleine liberté. La toute puissance. C'était le discours sous-jacent, l'argument de vente massue. Sur l'annonce, il était indiqué : *Refuge d'exception. Discrétion assurée.*

À chaque pas, Josh sentait les mois de négociations se dissiper, tous ces efforts qu'il avait fallu fournir pour emporter l'affaire, persuader l'héritier, l'actuel propriétaire, de s'en défaire. Calypso était un cygne noir. Imprévisible. Un monstre magnifique. Il avait fallu bien des dîners, les billets pour Wimbledon, les sourires, le baratin. Les caresser dans le sens du poil. Le bla-bla-bla d'un pro. Avait suivi une étape plus délicate encore, les formalités, l'arpentage, l'estimation du prix du bâti et du terrain. Josh aurait pu s'adresser à Charlie, mais Charlie était incapable de pondre une idée originale, il aurait tout fait capoter. Il ne parlait pas le langage de la réussite. Josh avait engagé des experts pour établir la superficie de l'île, calculer son périmètre. Difficile de déterminer où commençait et où finissait une île. Comment établir ses frontières, ses limites ? À marée haute ou à marée basse ?

Et puis il y avait toutes ces histoires locales selon lesquelles l'île était maudite. Une noyade. Une poétesse folle. Un accident stupide. Josh avait poliment ignoré ces anecdotes. La découverte d'une source s'était avéré un atout de poids. Un puits. En pleine mer. De l'eau douce sur la minuscule Calypso. Un miracle au beau milieu de tout ce sel.

Josh était impatient d'arriver. Vingt-quatre heures sur Calypso. Un panorama ouvert tous azimuts. Un putain de rêve. Son sac de sport en cuir se balançait sur son épaule, il avançait d'un pas rapide sur le sentier en évitant les orties. Clarice venait derrière lui, suivie de Katherine, Charlie fermait la marche.

Charlie était le plus lourdement chargé d'entre eux : un plein sac à dos. Un pack de bouteilles d'eau dans une main. La glacière dans l'autre. Au téléphone, Josh les avait prévenus : « Il n'y a pas beaucoup d'eau sur l'île, la plomberie ne fonctionne pas, et il n'y a même pas un bout de bois pour faire un feu. » Charlie avait pris ces paroles à cœur. Il savait cuisiner grâce à mémé, sa grand-mère russe (et juive, même si cela n'était jamais mentionné, et d'ailleurs ne devait pas l'être, parce que tout ça, c'était du passé). Mémé avait élevé Charlie pendant que ses parents étaient occupés ailleurs : son père était juge, sa mère sauvait le monde avec Oxfam ou la Croix-Rouge. Des gens de bien, disait-on. À l'heure des repas, la table de mémé regorgeait toujours de victuailles, poulet rôti, pommes de terre, pain, sans oublier la soupe. Gâteaux et fruits. Vas-y, mange à t'en faire péter la panse. « Encore une cuillerée, une poignée, une part, une tranche », ordonnait-elle à Charlie – enfant unique – même quand il avait l'estomac plein, à en être écœuré. Ne jamais jeter de nourriture, voilà ce que la guerre avait appris à mémé. Mieux valait trop manger, à s'en rendre malade, plutôt que mourir de faim.

Ce matin-là, Charlie avait plongé six œufs dans l'eau bouillante, au cas où. Pendant que Clarice dormait, il avait rempli la glacière : un morceau de cheddar, du jambon, des sachets de thé, du café instantané, du lait en poudre, du pain, des fruits secs et des biscuits, les premières fraises de la saison. Il avait tout disposé avec soin, chaque denrée enveloppée de film plastique, de papier alu, ou empaquetée dans des sacs de congélation. Rien ne devait se renverser. Rien ne devait se perdre.

Tout en avançant sur le sable du sentier, Charlie commençait à avoir faim et il sentait ses cuisses de plus en plus irritées à force de frotter l'une contre l'autre. Il fallait qu'il essaye de perdre du poids avant le mariage. « Tu es trop gros, lui avait dit sa mère récemment, je ne veux pas être méchante, mais c'est la vérité. Fais attention, sinon tu vas finir obèse. » La poignée de la glacière lui meurtrissait la main. Elle se balançait, lui faisant presque perdre l'équilibre. Charlie fixa son regard sur le dos de Katherine. Une nouvelle descente s'amorçait.

Katherine portait un petit sac à dos bleu marine, rapporté d'une conférence sur la chirurgie cardiaque à Chicago, discrètement orné d'un cœur brodé. Un organe tout en muscle. Le genre de sac qui pouvait aussi bien convenir aux hommes qu'aux femmes, songea-t-elle, même si les chirurgiens étaient en majorité des hommes. En majorité des blancs. Une clique d'introvertis, férus de logique et de contrôle. Des personnalités de type INTJ, d'après la classification psychologique de Myers et Briggs. Une fois diplômée, elle serait l'une des rares chirurgiennes cardiaques noires de Grande-Bretagne. C'était ça, l'objectif de Katherine. Sa carotte. Sa récompense. Une chirurgienne « issue de la diversité » – mieux valait entendre ça que des cris de singe dans son dos. Garder son sang froid plutôt qu'aller pleurer auprès de ses pairs. Ce matin-là, elle avait attrapé le sac à dos dans son armoire, s'était précipitée aux toilettes, sans doute malade de stress étant donné les circonstances. Trop de choses à gérer. Elle avait pensé à l'homéostasie, comment maintenir l'équilibre, la permanence, quand les circonstances changeaient. Comment s'adapter afin de pallier les manques. Préserver la normalité. Voilà à quoi tout se résumait.

Katherine avait préparé ses affaires en vitesse, ce matin. Ne pas oublier le short de sport, surtout. Josh l'avait invitée à la dernière minute. Lors de leur tête-à-tête, la veille au soir, devant une assiette d'huîtres, dans un restaurant à l'ambiance feutrée, en ville. Lit de glace pilée. Quartiers de citron. Katherine y était déjà venue. Des tablées entières de traders bourrés. Des banquiers en costume, blancs, asiatiques, noirs (par ordre de représentation). Peu de femmes. Atmosphère silencieuse, jusqu'à ce retentissant : « Je lui ai niqué la tronche », assorti d'un gloussement. Des investisseurs qui jouaient à la roulette russe avec la tête d'un client.

Tout en dégustant ses huîtres, Josh lui avait demandé : « Ça te dirait de partir à l'aventure sur une île ? » Katherine avait d'abord refusé. Elle le connaissait à peine, avait déjà des engagements, un planning d'interventions plein, elle devait travailler sur son mémoire, passer au pressing, courir. Courir était une nécessité, aller de l'avant, à toutes jambes. Au restaurant, la liste des bonnes raisons pour ne pas accepter cette invitation s'allongeait jusqu'à toucher l'horizon, les nuages presque. Elle sentait son cœur battre plus fort. Pourtant, sa pression artérielle n'augmentait pas. Elle ne l'aurait pas toléré, même si Josh représentait un danger. Il fit glisser une huître entre ses lèvres roses : un riche Anglais blanc, pur produit des pensionnats privés. Un « directeur d'agence immobilière » aux yeux de braise, qui essayait de la séduire avec son jargon : « prospection et transaction », « acquisitions », « *fund* managers ». Katherine était métisse, terme qui la faisait bâiller – comme s'il existait des races pures. Son père était d'origine jamaïcaine, sa mère anglaise. Elle avait fréquenté l'école publique. Sa meilleure amie disait en plaisantant : « Baiser avec un Anglais blanc de la haute, c'est coucher avec l'ennemi. » Pourtant, dans ce restaurant, quand Josh lui avait tendu une flûte de champagne, son regard avait capté le sien comme le harpon empale le poisson. Il avait posé la main sur sa cuisse.

Son sac ballottant dans son dos, Katherine pensait à sa mère, même si ça n'était pas une très bonne idée – pas là, pas maintenant, plus tard, attends. Si elle se laissait aller à penser à sa mère, alors elle se retrouverait telle une créature sauvage piégée dans un réduit sans fenêtre ni porte. S'agitant en tous sens, se cognant contre les murs. Katherine leva les yeux, s'arracha à ses pensées, et chassa sa mère de son esprit. Elle n'était plus de ce monde. Une mort dans toute sa banalité. Ils avaient pénétré dans un tunnel de verdure.

Au-dessus de leurs têtes, les arbres se rejoignaient en une arche d'émeraude mouvante, flanquée de ronces et de fougères hautes. La clarté diminuait, filtrant à travers les couches sombres. Ramures et feuillage. Brindilles et boutons. Épines et lianes. Josh se mit à chantonner, songeant combien il voulait que son week-end réussisse. Que ce soit un tournant. Qu'il se passe quelque chose. Il fredonnait, et tous l'entendaient. En cette heure matinale, où le monde s'éveillait en frémissant, sa voix semblait les appeler, les attirer, tel un oiseau échappé d'une bouche ouverte, ses cris dans l'air tels des joyaux, peut-être des étoiles.

Enfin, le chemin quitta le tunnel. L'obscurité de la végétation céda la place à la lumière. Ils se tenaient à présent sur la crête d'une dune. Les vents du large avaient fait reculer le sable. Les embruns salés en léchaient les grains. Des algues putrides se transformaient en humus. Les graminées pointaient à leurs pieds. En contrebas, la plage, longue étendue se recourbant pour former une baie. À droite, une péninsule, un phare en mer. Sur la grève, le sable avait séché en un camaïeu de rayures gris-beige. Le tableau les laissa sans voix, le spectacle de l'eau, la ligne d'horizon, le reflet qui fendait leur vision : ciel en haut, mer en bas. La marée descendait, les vagues lapaient le rivage. Pendant la nuit, le vent avait tourné, prenant la direction du large.

Quel doux bruit, remarqua Katherine, clap, clap, clap. Pareil à la respiration artificielle d'un patient intubé. Inconscient. Inspiration, expiration. L'appel de l'eau, songea Charlie. C'était tellement plus beau, ici, un paysage plus agréable que celui des villes, grandes ou petites (qu'il ne pouvait quitter, même s'il avait essayé), avec leurs trottoirs jonchés d'ordures, les files d'attente, la circulation, les fast-foods, les joggings, les baskets, les femmes peinturlurées, et les barbares qui hurlaient dans leurs téléphones. Son père les traitait de « racailles ». Clarice tira sur sa jupe. Si seulement elle était un peu plus mince ; la jupe lui cisaillait la taille, la marquant d'une rainure rouge. Josh se contenta de sourire en pensant : Calypso.

« Ça a l'air loin, dit Clarice. Tu es sûr qu'on peut atteindre l'île à marée basse ? » Le bout de terre, de l'autre côté de ce glacis beige trompeur, semblait appartenir à un autre monde. L'angoisse envahit Clarice. Elle espérait qu'il ne faudrait pas marcher trop longtemps, et qu'une fois arrivés, l'île serait exactement telle que Josh l'avait promis : « Le plus bel endroit sur terre. » Clarice le regarda en fronçant les sourcils, se demandant s'il savait vraiment ce qu'il faisait, puis elle se décida à le suivre. Elle le connaissait depuis qu'elle avait neuf ans. Elle avait toute confiance en lui. Le temps avait mis à l'épreuve leur amitié, et celle-ci avait triomphé. Et puis Clarice avait été l'amie de sa sœur. « Josh est comme un frère pour moi », disait-elle à ses parents, à ses amis, à ses collègues, à Charlie – elle le répétait souvent à Charlie.

Certaines choses ne changeaient jamais, pensait Clarice, pareilles au tic-tac d'une horloge de famille dans un couloir. Pourtant, alors qu'elle contemplait ainsi le rivage depuis le sommet de la dune, la vision de la mer la mit mal à l'aise. Elle ne présentait pas le bleu escompté, mais une sinistre couleur de cendre. Les vagues pouvaient vous renverser, les courants vous aspirer vers le fond, or, qu'y avait-il sous la surface insaisissable, dans ces entrailles liquides, au plus profond, au plus noir, là où dit-on tout avait commencé ?

Le téléphone de Josh se mit à sonner. Charlie protesta : « Je croyais que tu avais dit de ne pas prendre les portables ? » Josh éclata de rire et précisa : « Ça ne capte pas, sur l'île. » Puis il répondit, d'un ton sec et impatient : « Oui, papa. Très bien. D'accord. Bien sûr. Absolument. Je t'avais dit qu'il me faudrait peut-être annuler. Je sais que j'ai déjà annulé le week-end dernier. Raison professionnelle. Oui. Non. Papa ! »

Katherine le rejoignit. Il avait dit « pas de téléphones », et ça lui convenait. S'abstraire, pour une fois, du temps alloué aux patients, à l'écoute, à sa famille, au staff. Le verre au pub le vendredi soir avec le reste de l'équipe, ce qu'une collègue chirurgienne appelait le « TP de remplacement des fluides ». Katherine était soulagée que personne ne puisse la joindre. Pendant vingt-quatre petites heures. Une respiration. Du temps pour penser. Faire table rase. N'est-ce pas ça qu'on disait ?

Comme elle passait devant lui, Katherine sentit la main de Josh lui agripper l'épaule : « Je n'arrive pas à résister. » Il l'embrassa sous l'oreille. Son doigt suivit délicatement la ligne de son cou, traçant une frontière. « Ça va être un week-end de folie », lui murmura-t-il. Elle dit à mi-voix : « Pas trop quand même, j'espère. Je dois être à l'hôpital lundi. Chirurgie cardiaque. »

Elle ferma les yeux, une image lui vint à l'esprit : la salle d'op, l'équipe des soignants, les masques, clamps, forceps, pinces, ciseaux, écarteurs, rétracteurs. Les instruments stérilisés, alignés. Le ballet chirurgical. Silence. Lumière. Sa main qui s'avance, qui incise. *Primum non nocere.* En premier lieu, ne pas nuire. Infection. Inflammation. Tumeur. Trauma. Maintien de l'homéostasie. Ne pas échouer. « Tu devras travailler deux fois plus que les autres », l'avait mise en garde son père lorsqu'elle avait choisi la médecine. Lui aussi était médecin, et n'avait cessé de lui répéter cette phrase éculée qu'elle aurait voulu faire mentir. Seulement son père avait raison. Maintien de l'homéostasie. Travailler. Ne pas échouer.

Lorsque Katherine ouvrit les yeux, l'écume des vagues ondoyait devant elle. Elle pensa à son père. Il l'avait appelée la veille, il avait pleuré au téléphone, de brefs sanglots, secs et râpeux. Elle aurait préféré ne pas les entendre.

« Viens », l'appela Josh.

Ils entamèrent leur descente parmi les rochers glissants, passant d'un bloc sur l'autre. Lorsque enfin ils atteignirent la plage, Josh consulta sa montre. « C'est trop tôt, dit-il, je croyais qu'on pourrait traverser à cette heure. » La marée était encore haute, et l'eau qui entourait toujours l'île devait au jugé leur arriver jusqu'à la taille.

« J'ai une Thermos de café si ça vous tente, proposa Charlie.

— Eh mec, t'es un héros », dit Josh en posant la main sur son épaule.

Charlie sourit, presque rayonnant, puis il sortit la Thermos de son sac à dos. « Pardon, je n'ai que trois tasses.

— J'en ai d'autres. » Josh sortit à son tour de son sac en cuir des gobelets blancs en plastique : « Le miracle de la vie, c'est l'*usage unique**. » Charlie fit la grimace alors que Josh palabrait sur cette expression qu'il tenait d'une mannequin française avec laquelle il était sorti. Josh s'était lui-même baptisé le roi de l'*usage unique**, du jetable, du dispensable. Une fois. Juste une. Josh prit la Thermos et remplit quatre gobelets blancs à ras bord. Charlie avait prévu d'en

* Tous les termes en italique suivis d'un astérisque sont en français dans le texte. (Ndlt.)

garder la moitié pour plus tard. Après le déjeuner. Avec des biscuits, ou des fruits secs. Charlie était du genre à prévoir tous les détails, ses décisions étaient des modèles, les étapes qui gouvernaient ses journées. Il se projetait. Contrôlait. Envisageait l'avenir. Tenait des livres de comptes, les chiffres, tels des funambules, jouant les équilibristes sur un fil. Il se frotta les mains, essuya une goutte de café du bout de son long doigt pâle. Il pourrait toujours en refaire plus tard, pensa-t-il.

« Ça va ? » lui demanda Clarice. Ses lèvres rouges au bord du gobelet. À travers la vapeur qui se dégageait du liquide fumant, elle essayait de tester son humeur. « Ça va », répondit-il avec un sourire. Au même moment, Katherine affirmait la même chose à Josh. Ils éclatèrent de rire, soulagés par cette soudaine connexion, comme s'ils constituaient désormais un groupe, des points reliés par une ligne, dont la constellation se lisait dans le ciel du matin. « À notre week-end », déclara Josh, et il leva son gobelet blanc en direction du soleil. Tous répétèrent : « À notre week-end. »

Pendant ce temps, la marée se retirait, dénudant les rochers. L'île se révélait sous une forme nouvelle. La petite montagne dévoilait une base de granit moucheté, roche magmatique qui avait dégringolé dans le sable, strate après strate. Les formes étaient imprévisibles, le rythme accidenté, inégal. Rochers et galets avaient roulé. Couches et empilements. Chaque extrémité de l'île fuselée. La pierre se réduisant à un point.

Sur la plage, Katherine tripotait la fermeture Éclair de son sac à dos, la faisant coulisser d'avant en arrière, lentement, machinalement. Ses doigts glissaient le long des petites dents. À l'intérieur, elle avait rangé son short de course, et elle se demandait quand elle pourrait s'élancer sur les sentiers. Au cours des semaines passées, elle avait couru quotidiennement, jusqu'à ce que la lassitude du jour s'efface, qu'elle l'abandonne derrière elle. Katherine était épuisée, mais elle ne voulait, ne pouvait s'arrêter. Elle regarda l'île. Au-dessus de la demeure en pierre, les goélands montaient et redescendaient, pièces détachées de lumière fusant sur le ciel bleu. La brume se levait. Elle soupira. Au moins la journée promettait d'être belle. Elle avait tout le temps de courir.

« Il va faire chaud », dit Clarice. Elle sentait le soleil tracer un sentier brûlant dans son dos, lui chatouiller la colonne vertébrale. « Il ne faut pas oublier de mettre de la crème solaire », et Charlie sortit aussitôt un tube de la poche de son sac à dos, sachant exactement où il l'avait rangé. Il souleva le capuchon et en étala sur ses joues, son front, son nez. « Clarice », dit-il en lui lançant le tube. Mais Clarice regardait Katherine, le tube ricocha sur son bras, et le capuchon s'ouvrit. De la crème dégoulina sur sa chemise. « Oh, merde, Charlie. » Elle s'essuya. La lotion blanche imprégnait le coton bleu, formant une tache sombre et huileuse.

La chemise avait perdu presque tous ses boutons. Clarice ne pouvait plus la fermer, aussi la portait-elle à la manière d'une veste. Le tissu s'était usé à force d'avoir traîné chaque été dans les parcs, à la plage, sur les petites routes de la campagne anglaise, en France, en Italie et en Espagne. Cette chemise, se rappela-t-elle en frottant la tache, alors qu'elle n'avait nul besoin de faire un effort de mémoire, cette chemise avait appartenu à la sœur de Josh, Evelyn. Sa meilleure amie. Quand elle était adolescente. « Prends-la donc, avait dit Evelyn en la lui lançant, elle est assortie à tes yeux. » Seulement Evelyn était morte à présent, bel et bien morte, et depuis un bout de temps. Evelyn,

Josh et Clarice. Ils étaient inséparables, disaient leurs mères. Tous pensionnaires, ils passaient leurs vacances ensemble. La bande des trois. Comme dans *Harry Potter*. *Les Trois Mousquetaires*. Ils terminèrent un soir telles les trois souris aveugles. Voyez-les qui courent !

« J'ai du liquide vaisselle pour la tache. » Charlie fouilla dans son sac à dos, ramenant Clarice ici-bas, sur la plage, l'arrachant aux souris pourchassées par la femme du fermier. Avec son couteau à saigner pour leur couper la queue. Quelle comptine idiote.

« Non, répondit-elle d'une voix tendue. Je la laverai plus tard. » Elle ne pouvait penser à sa chemise pour l'instant, ni à Evelyn. Elle rendit le tube à Charlie.

« Tu ne veux pas en mettre ? insista-t-il.

— Plus tard », dit-elle en baissant la voix, et elle se tourna vers Josh. Il avait ôté ses chaussures et marchait vers Calypso, progressant prudemment tel un somnambule, pieds nus sur l'épaisse couche de coquillages : bulots, patelles, coques et corail. Bigorneaux et couteaux. Sous ses pieds, le sable conservait encore la fraîcheur des flots. Il imprimait ses empreintes parmi les tellines roses et le varech. Josh avisa l'eau qui se retirait, force massive et transparente.

« Ici, la mer monte plus vite qu'un cheval au galop », lui avait dit un pêcheur rougeaud empestant le whisky, l'une des premières fois où il était venu sur l'île. « C'est facile de se faire piéger. On raconte que l'écume des vagues, c'est les larmes des noyés. Cette île, elle est maudite. Elle porte malheur. » Josh avait hoché la tête, l'écoutant à peine, prêt à tout pour qu'il se taise, parce que la seule chose qui l'intéressait, c'était de vendre l'île. Cette beauté. Les gens faisaient la queue derrière lui pour lui piquer son boulot. C'était vachement important. Cette vente, c'était son avenir.

Josh fit halte, ferma les yeux une seconde, écoutant le chuchotement du ressac, pareil à une prière à la volonté de gagner. Rien ne pouvait l'arrêter, voilà ce que les gens disaient. Il aimait le goût de la victoire. Avec lui, c'était marche ou crève. Opérer au sommet. Ses collègues le comparaient à un bulldozer, un bulldog, un taureau, et parfois il s'imaginait ainsi, avec une paire de cornes pointues, chargeant droit devant, toujours plus loin, jusqu'à crever le ciel.

Josh ouvrit les yeux. L'île, Calypso, se tenait devant lui. Cette perle rare émergeant des eaux. Une pièce majestueuse. Il faillit lever les bras pour célébrer sa victoire. Au lieu de quoi, il passa lentement l'horizon en revue, la propriété. L'affaire. En cash, livres, euros. Monnaie sonnante et trébuchante. Et Katherine. Il sourit. Katherine serait sa première prise du jour.

Josh se retourna et vit qu'elle était assise sur le sable avec Clarice. En s'approchant, il l'entendit dire à Katherine : « Tu es comme moi, exactement comme moi. » C'était une phrase que Clarice répétait souvent, à croire qu'elle était à la recherche de son double. D'une copie. D'un miroir. Car au bout du compte, elle croyait que tous les êtres humains étaient semblables, que tout le monde était pareil à elle. C'était tellement plus simple de penser ainsi. « C'est qui, ça ? » lui cria Clarice d'un ton joyeux. « Josh, Josh. Il y a quelqu'un qui te fait signe. Regarde ! »

Josh distinguait deux silhouettes venant dans leur direction.

Il était clair qu'elles peinaient à avancer, lestée chacune d'un pack de bouteilles d'eau. L'homme tenait dans l'autre main un gros sac de sport, et la femme ce qui ressemblait à...

« Josh, c'est une valise qu'elle tire ? dit Clarice en éclatant de rire.

— Qui est-ce ? » demanda Charlie. Il ramassa les gobelets, les alignant pour les vider des dernières gouttes de café. Puisque nul n'avait répondu à sa question, il la posa de nouveau : « Qui est-ce ? »

Clarice, qui avait ôté ses chaussures et se dégourdissait tranquillement les orteils dans le sable froid, l'éclaira : « Je crois que c'est Kevin et Sarah.

— Je ne savais pas qu'ils venaient », dit Charlie d'un ton brusque. Katherine le regarda.

« Mais si, Josh les a invités à la dernière minute, dit Clarice gênée. En fait, il nous a tous invités à la dernière minute. »

Charlie ramassa les gobelets et ferma d'un geste sec le couvercle du Tupperware. Clarice adressa un petit sourire entendu à Katherine alors que Josh les rejoignait. Les deux silhouettes continuaient d'avancer, la marée à descendre, découvrant un vaste espace de sable jaune scintillant.

« Merde, c'est presque aussi sympa que de noyer des chatons », dit Sarah, avançant par à-coups. Soupirs, jurons. La petite valise qu'elle traînait ne cessait de s'enliser dans le sable. Les roulettes moulinaient des coquilles de moules, d'oursins, des morceaux de laitue de mer, de crabes morts. Débris, bordel. Tout cela irritait Sarah, lui portait sur les nerfs. Elle rêvait d'asphalte, des trottoirs lisses de la ville, du tarmac impeccable des aéroports.

« Dépêche-toi », dit Kevin qui regrettait de ne pas avoir tenu compte du conseil de Josh : « Ne te gare pas à l'autre bout, mais plutôt sur le parking du milieu. Derrière les dunes. » Josh avait beau être son boss, Kevin ne pouvait tout de même pas le laisser décider de tout. Josh aimait tant lui prodiguer des conseils, faire son chef sur la vente des maisons, les investissements, les vêtements, comment se rendre d'un point A à un point B, comment gérer son argent, le « pousser à la dépense », après avoir bu quelques pintes et shots de tequila dans un bar, le visage cramoisi à force de fous rires. Quand ils avaient l'impression qu'ils seraient toujours des potes, des frères, unis par cette grande fraternité, et qu'ils considéraient que même le soleil était à eux. Oui dans ces moments-là, en fin de soirée, Josh donnait même des conseils à Kevin en matière de femmes, de sexe, de cul.

« Tu as pensé à la crème solaire ? dit Sarah en s'arrêtant pour reprendre son souffle. Je ne veux pas finir toute rouge. Tu connais ma peau…

— Petite fleur de Pologne », répondit Kevin en plaisantant. Ça ne la dérangeait pas qu'il dise ça. Après tout, elle l'était à moitié. Mais elle ne supportait pas qu'on l'appelle la Polonaise au travail, et le fait que Kevin emploie ce terme la déstabilisait, comme s'il lui renvoyait à la figure son enfance, où elle n'avait jamais été exactement telle qu'il fallait. Toujours dans le doute. À essayer de s'intégrer. À s'empiffrer de céréales au petit déjeuner tandis que son père mangeait des harengs. Même si, elle en était certaine, tout le monde avait des origines mélangées, des racines dans différents endroits, parce que, soyons clairs, quand on baisait, on se moquait bien des origines de l'autre. Et de nos jours, on pouvait même faire analyser son ADN. Pour savoir d'où on venait. Une cliente l'avait fait. Elle avait découvert qu'elle descendait de Gengis Khan. Qu'elle était mongole. Quoi que cela veuille dire.

Mais Sarah n'y songea pas plus car Kevin caressait ses cheveux soyeux, qu'elle avait apprêtés, au saut du lit ce matin même, créant des *beach waves*. Le contact de ses doigts...

Un instant, Kevin se demanda si Josh pouvait le voir tenir entre ses mains le visage en forme de cœur de Sarah, caresser ses pommettes hautes, plonger dans ses yeux bruns, qu'elle ouvrait grands, comme souvent, avec cet air innocent, presque enfantin. Seule sa bouche la trahissait, ce soudain pincement, ce trait révélant une autre facette, ainsi qu'en cet instant, où elle dit : « Je ne veux pas cramer. » Elle se pencha vers Kevin, l'embrassa sur la bouche – délicate caresse de la langue. Puis elle attrapa son pack d'eau et sa valise, avec son petit ruban rouge attaché autour de la poignée. « On y va, dit-elle. Le premier arrivé. Espèce de feignasse. De grosse feignasse ! » Et Sarah courut, courut.

Lorsque Clarice leva les yeux, la mer était presque derrière l'île. Les dernières vagues bouillonnaient sur les rochers. Écume délicate. La brume s'était dissipée. Les couleurs de l'île se précisaient : récifs gris charbonneux, ajoncs jaune électrique. Une explosion de feuilles vertes derrière de hauts murs. À l'arrière-plan, la mer s'agitait en bandes variant du gris au bleu-vert. On aurait dit que l'eau avait submergé l'îlot, puis l'avait nettoyé, et maintenant chaque pierre, chaque fleur, chaque feuille rayonnait, comme renouvelée. L'île était différente. Clarice était sur le point de demander à Katherine comment elle avait connu Josh quand Sarah et Kevin déboulèrent.

Haletants et hilares, ils se laissèrent choir dans le sable. Un enchevêtrement de membres, valise, bouteilles, sacs. Deux tortues retournées. Les autres ne pipaient mot. Les roulettes de la valise rose de Sarah continuèrent à tourner, au ralenti, avant de s'immobiliser tout à fait. Allongée sur le dos, Sarah sentait son cœur battre, la sueur au creux de ses genoux, et elle s'inquiéta d'avoir froissé ses vêtements, tout en scrutant le ciel. Ce serait une superbe journée. Elle se redressa pour faire face à quatre paires d'yeux qui la dévisageaient. Elle leur adressa son plus beau sourire. Ils détournèrent la tête.

« Salut. » Sarah épousseta avec soin le sable sur la peau de soie, fraîchement épilée, de ses bras et de ses jambes. Laqués tel du plastique. Kevin se releva d'un bond et secoua son pantalon. Il n'aurait pas dû courir. Il tendit la main à Katherine, se disant qu'elle était trop sophistiquée pour être une des conquêtes de Josh. Il regretta son geste, mais il était trop tard. Il s'éclaircit la gorge. « Kevin. Enchanté.

— Putain, mais sois pas aussi formel, mec, ce n'est pas une cliente », le tança Josh en lui lançant un clin d'œil suivi d'une bourrade dans le dos. Il fit les présentations, allant de l'un à l'autre, leur tapotant le bras, l'épaule. Tenta quelques blagues. En un rien de temps, le malaise fut oublié. Comme si Josh leur avait jeté un sort, songea Sarah qui l'observait à distance. « Quel temps de rêve ! » déclara-t-elle.

Josh vérifia l'heure, jaugea l'état de la marée. Le passage vers l'île était ouvert. Au loin, le granit exhibait ses plis voluptueux tels des corps nus recroquevillés sur eux-mêmes après l'amour, pétris de désir. Puis s'élevait l'île, à croire qu'elle était née ce matin même, pour être offerte à Josh : l'îlot, la baraque, et la mer.

« En route », dit Josh en frappant dans ses mains, car il était temps. D'ici une heure, la mer commencerait à monter.

Sarah marchait maintenant à côté de Katherine, lestée de son pack d'eau, comme ses comparses.

Trente-six bouteilles, cinquante-quatre litres, calcula mentalement Sarah. Elle aimait les chiffres, leur logique. Indispensables, pour établir des budgets. L'argent. Quand on n'en avait pas, il fallait ruser. Compter les tranches de pain, économiser pour l'uniforme de l'école. Après le départ de sa mère, Sarah s'était occupée des courses. Grattant, rognant. Gardant les petites pièces dans un bocal. À l'école, les profs lui disaient : « Fais des études de comptabilité. » Mais elle avait choisi les soins du corps et du visage, choisi d'embellir, épiler, hydrater, gommer, retirer, ajouter. Pour une allure parfaite.

En tête, Josh jeta un nouveau coup d'œil à la montre de luxe qu'il avait achetée six mois plus tôt ; après avoir entraperçu le poignet de son boss, il avait su qu'il devait viser plus haut. La coupe de son costume. Son look. La voiture. Les restaurants. La montre. Une édition limitée gravée. Finition satinée. De l'horlogerie de pointe. Tout cela comptait. S'avérait crucial pour réussir.

Josh sentait le sable céder sous ses pieds. Plus doux qu'auprès des rochers. Il appréciait cette espèce de coussin granuleux sous ses orteils. Humide, froid, lisse. Droit devant, un jeu de creux et de bosses, à croire qu'un menuisier avait sculpté le sable pour dessiner des écailles de poisson. Ni débris ni coquillages. Un dégradé de beiges, versant vers le bleu. Puis l'île émergeait de ce paysage lunaire, comme sortie de nulle part. Josh baissa les yeux et vérifia l'heure une fois de plus.

La semaine précédente, se rappela-t-il, il avait rêvé de sa montre. C'était étrange car il était rare qu'il se souvienne de ses rêves. Mais à mesure qu'il progressait vers l'île et la maison, le rêve refaisait surface. Brut. D'une seule pièce. Du début à la fin. Aussi ridicule que cela puisse paraître, c'était comme si ce paysage ouvrait la porte de son rêve. Il ne pouvait refermer cette porte. Le rêve semblait suivre les ruisselets, envahir chaque creux sablonneux. Il avait rêvé qu'il se trouvait à l'intérieur d'une petite maison blanche. Il y avait sa montre aussi. Le temps, mesuré, qui avançait. Dans le rêve, Josh arpentait la maison blanche, flanqué d'une bande d'enfants hilares, incontrôlables. Ils tripotaient tout de leurs mains sales. Josh scellait les fenêtres de la maison blanche avec du ruban adhésif, bloquait les portes avec des sacs de sable. La montée des eaux était imminente. Sa sœur Evelyn était là. Il ne la voyait pas, mais il sentait sa présence insaisissable dans la maison. Il savait qu'elle était morte, et pourtant elle était là. Elle essayait de lui dire quelque chose. Dans la maison, résonnait le tic-tac de sa montre. Un battement inlassable et menaçant. Mais il ne parvenait pas à la retrouver. Nulle part. L'eau montait, il l'entendait, le bruit de l'eau, et il frémit, terrifié, il ne parviendrait peut-être pas à l'arrêter.

Sarah et Katherine, Charlie et Clarice étaient passablement à la traîne. Ils n'avaient pas encore atteint la zone sablonneuse. Charlie, lui, ne pensait pas à ses rêves, mais à l'endroit où poser le pied pour éviter les algues glissantes et cuivrées qui jonchaient comme des lambeaux de soie le prochain rocher. Sa démarche était gracieuse malgré son physique imposant. Concentré sur le pas suivant, essayant d'équilibrer son poids, lui qui portait toutes leurs affaires.

« Qu'est-ce qu'il y a ? » chuchota Clarice. Elle avait remonté les manches de sa chemise bleue, en dessous elle portait un débardeur d'un rose fané aux fines bretelles spaghetti, enfin disons qu'elle pensait que ça s'appelait des bretelles spaghetti. Elle se demandait si elle ne devrait pas ôter sa chemise car son débardeur mettait en valeur sa poitrine. Clarice aimait ses seins, elle passait la main sous son haut pour les sentir, quand l'anxiété la gagnait. Seulement, songea-t-elle sur cette grève qui semblait ne jamais devoir finir, si elle enlevait sa chemise, tout le monde verrait ses formes, ses bourrelets, toute cette graisse due aux biscuits, aux petits pains moelleux recouverts de farine, et aux pommes de terre pleines de beurre que Charlie lui servait dans son assiette. Les bons petits plats réconfortants. Elle n'avait pas toujours été ainsi. Autrefois, Clarice était tellement menue. Puis les kilos s'étaient accumulés, elle n'avait jamais vraiment su comment.

Elle avisa Katherine et Sarah, devant elle, minces comme des fils. Clarice les voyait pencher la tête l'une vers l'autre pour se murmurer des confidences, et elle se sentait furieuse de ne pas être là-bas. Elle s'était si bien entendue avec Katherine, tout à l'heure, et voilà qu'elle se retrouvait à la traîne avec Charlie. Elle ignorait ce que Katherine voyait en Sarah, ou ce que Sarah voyait en Katherine, si tant est qu'on puisse voir à l'intérieur de quelqu'un, – en fait, ça n'avait aucun sens. Elle ne comprenait pas non plus pourquoi Josh avait amené Katherine. Au fil des années, elle l'avait observé qui courait après les filles, puis les jetait, les aimantant avec ses yeux bleus, si bleus. Exactement les mêmes qu'Evelyn. « Le bleu, c'est la couleur des rêves », avait-elle dit un jour à Charlie à l'époque où elle était obsédée par le mystique *bleu** de Chagall et voulait peindre leur chambre en azur. Mais il lui avait rétorqué que, sur le plan historique, le bleu était tout simplement coûteux, c'était le pigment le plus difficile à fabriquer. C'était une question de budget, pas de rêves. Pour Charlie les fantasmes qui venaient avec le sommeil étaient d'ordre pragmatique, tout comme la masturbation. On y pensait, on le faisait, et puis on oubliait, tout simplement.

Cerné par les rochers, Charlie serrait les dents. Se mordillait la lèvre inférieure. Malgré elle, Clarice revenait à la charge, répétant : « Qu'est-ce qu'il y a ? Qu'est-ce qu'il y a ?

— Rien. Ça va », répondait Charlie. Il disait toujours ça, parce que pour l'essentiel, il croyait que rien ne pouvait aller mal, la vie n'étant qu'une suite de choses. Là, un galet. Là, du sable. Une anémone. Une mare au creux d'un rocher. Un crabe mort, vidé par la brûlure du soleil. Le temps filait, voilà tout.

Clarice fit une halte pour retirer sa chemise. Charlie s'arrêta à sa hauteur : « Tu veux de la crème ? Tu vas attraper un coup de soleil sur les épaules. » À la vue de ses seins, il eut soudain envie de l'embrasser, ce qu'ils s'autorisaient rarement en public. « Non », répondit sèchement Clarice en nouant sa chemise autour de sa taille. Le coton avait la finesse du papier. Il fallait faire attention. La brise marine soufflait dans ses manches, le tissu se tordit en toupie vers le soleil. Evelyn était morte en juillet, se souvint Clarice. Le jour de l'accident, à quinze ans, Clarice avait contemplé un autre ciel bleu. Elle s'était demandé pourquoi Evelyn était morte, et comment il pouvait faire aussi beau. Ça lui paraissait impossible.

Sans crier gare, elle se mit à courir, sautillant presque, sans se soucier des cailloux glissants et des mares : « Je rattrape les autres », cria-t-elle à Charlie. Ses pieds s'enfonçaient dans le sable doux. La poignée du pack d'eau mordait la chair de sa main. Elle voulait voir Josh, être avec Katherine et Sarah.

Planté devant une flaque, Charlie la regarda filer. Il sourit en secouant la tête, les autres entamaient déjà l'ascension de l'île, minuscules silhouettes tendant les bras et les jambes entre les failles et les saillies. Le soleil lui fit cligner les yeux.

Josh connaissait bien le chemin. Il était venu sur l'île avec les géomètres, les ingénieurs et le propriétaire, le jour où celui-ci avait enfin consenti à vendre. Kevin lui avait parlé de l'île lorsqu'il avait appris la mort de la poétesse. La première fois que Josh était allé à pied jusqu'à la demeure, c'était le vieux jardinier qui lui avait fait traverser la baie jusqu'à « la maison de la poétesse. La maison de *Madame** », comme il l'appelait. Le vieil homme avait radoté à propos de l'amour que la poétesse vouait aux roses et à son île. Des vingt-cinq variétés de roses qui poussaient entre les murs du jardin. De ce qu'elle avait écrit sur les îles et les roses. De cette drôle d'idée qu'elle avait, que les roses pourraient guérir les blessures de l'île. Josh l'avait écouté d'une oreille distraite. Il salivait en pensant à la vente. Au boulot, il était pareil à un surfeur guettant la vague pour le seul plaisir de la chevaucher un bref moment, puis repartir à l'assaut d'une vague plus grosse, avant qu'elle ne se brise. Ce jour-là, en compagnie du jardinier, Josh avait senti que cela pourrait être un gros coup, et le désir s'était aussitôt mué en besoin. Une opportunité. Pour Josh, réaliser une vente, c'était exister depuis le matin du monde, jusqu'à ce que la dernière étoile se perde dans la nuit.

« C'est par là », dit-il à Katherine et Sarah. Ils avaient gravi le flanc de l'île, laissant derrière eux le manteau protecteur de la grève. À présent, ils étaient encerclés par les rochers et ne distinguaient plus le rivage. « Il faut se glisser par là. » Deux énormes rochers sphériques, hauts de plus de quatre mètres. Larges de six. Semblables à des billes géantes. Presque trop parfaits pour être naturels. De loin, on pouvait croire qu'ils se touchaient, qu'ils étaient soudés, nus comme du cartilage. Lisses comme un crâne, songea Katherine, et bombés comme un front. Sarah jaugea les rochers, puis ses vêtements, son pantalon jaune canari, son haut quasi transparent. Elle était trop apprêtée, et regretta de ne pas porter quelque chose de plus pratique. Elle lissa ses sourcils, les traits de crayon dessinaient un arc parfait. Un cadre autour des yeux, disait-elle à ses clientes, qui lui retournaient immanquablement un sourire.

« Il faut passer en biais », dit Josh. Il vit Sarah s'engager. Elle lui sourit, calme, mais pas timide. Une observatrice. Une fille sexy. Ça se voyait. Mais c'était la copine de Kevin. Chasse gardée, sans doute. Josh le savait, sous sa charmante armure en acier trempé, elle avait eu une autre vie. Quelques mois plus tôt, lors d'un voyage à New York pour rencontrer des gestionnaires de capitaux, Kevin lui avait confié que, quand Sarah était enfant, sa mère était partie vivre à LA, abandonnant celui qu'elle appelait son « ennuyeux polonais » de mari, obsédé par son travail et son emprunt. Petite, Sarah passait l'été chez elle, jusqu'à ce que sa mère devienne accro aux opioïdes, qu'elle finisse cramée, fauchée. « L'été de ses douze ans, Sarah n'était plus qu'un sac d'os lorsqu'elle est rentrée de LA. Avec des bleus partout sur les bras et les jambes. Elle n'y est jamais retournée. Jamais. »

Sarah se débattait avec sa valise entre les rochers. L'île lui inspirait une certaine méfiance. Une drôle d'impression, qui lui rappelait une phrase de son père

– en Pologne, il enseignait l'histoire – au sujet de ces lieux où surgissaient des fantômes dès qu'on y posait le pied. Elle se faufila entre les deux remparts de granit, mais sa valise se bloqua. Elle regrettait que Kevin ne l'ait pas amenée ailleurs, dans un petit hôtel sur la côte, avec des draps d'une propreté impeccable, un bain moussant. Kevin et elle, nus. Mais c'était « bon pour les affaires », avait-il dit, et Sarah comprenait ça. Question de survie. Elle se posta de l'autre côté du rocher et tira d'un coup sec pour dégager son bagage, le granit laissant une grande estafilade grise sur le métal rose. Elle ne vit pas le ruban rouge attaché à la poignée de sa valise glisser sous un rocher. « Putain, putain, putain », marmonna Sarah, alors que Katherine se faufilait à son tour avec grâce et délicatesse dans l'étroit passage. Son sac à dos frôla à peine la pierre.

« Ça va ? lui demanda-t-elle.

— Ouais, ouais. », répondit Sarah en faisant la moue, les lèvres pincées en un trait. Puis elle retrouva le sourire et se remit en marche, car Sarah souriait toujours, elle disait « s'il vous plaît » et « merci ». Ses lèvres luisantes de gloss, aux commissures retroussées. C'était compris dans le service d'être gentille avec la clientèle, de discuter bébé, météo, mode, nourriture et fêtes de Noël. Bavardage insignifiant. Des conneries. Des broutilles. Voix perchée dans les aigus. Aimable. Affable. Quelle pitié.

C'est alors que Sarah vit la clairière.

Elle s'ouvrait devant elle, bordée de pins. Un arceau d'arbres courbés par le vent, surgeons et branches tourmentés par les rafales, mais pas encore vaincus. De gracieuses pousses oscillaient sur les hauts troncs. Volée de verdure : rejetons, brindilles et ramilles, pommes de pin sur un tapis de miel semé d'épines et de racines griffant le sol fragile, ondulant sur la roche. Les frondaisons formaient une canopée verte, menant jusqu'au rivage et à un banc, posé parmi les rochers épars, tachés de lichens. Sarah tira délicatement sa valise. Elle s'assit sur le banc, où Katherine la rejoignit.

La clairière donnait sur une presqu'île qui s'élançait dans la mer, en face. Cette péninsule offrait une protection naturelle à la clairière. Dans le lointain, un phare se détachait, brisant la ligne d'horizon. C'était si tranquille que Sarah eut envie de capturer ce silence. Le serrer fort contre elle, tandis qu'il l'embrassait, la berçait. L'avaler, et ne plus jamais le laisser ressortir. C'était un moment rare, rond comme une sphère. Un souffle. Les arbres bruissèrent. Un oiseau passa, volant bas. Peut-être une sterne, songea Sarah en regardant s'éloigner la forme grise. Elle ne connaissait rien aux oiseaux, mais Kevin savait les identifier. Il essayait de lui apprendre leurs noms : becs-en-ciseaux, labbes, goélands.

Kevin avait passé son enfance sur ces plages, il venait d'une famille de pêcheurs maigrichons. Joggings bon marché et casquettes de baseball. Bières et clopes. Pêcher de nuit. Dormir le jour. La peau rougeaude et ridée par le soleil et le sel, les oreilles pleines du cri des mouettes. « Pas question que tu sois pêcheur », l'avait mis en garde sa mère. Son père, sur le canapé, vissé à la maison, problèmes de dos, plus de boulot. Il biberonnait un whisky bon marché des après-midi entiers en écoutant gueuler la télé. Kevin avait dit à Sarah : « Ma mère voulait que je bosse dans une banque. Que je porte un costume et une cravate. Que je sois propre. Que je gagne du fric. » C'était une longue histoire, pensa Sarah, mais Kevin était la raison pour laquelle elles se trouvaient là aujourd'hui, sur cette île, sur ce banc, face à la mer. C'est lui qui avait soufflé l'idée à Josh : « Vends cette île ». Bizarrement, c'était devenu une obsession : il fallait que ce soit Josh, Josh devait vendre l'île. Kevin connaissait certaines des histoires concernant les lieux, mais il refusait de les raconter. « Oublie le passé. Josh va raser tout ce bordel. Et construire un paradis. » Sarah n'avait pas compris.

En cet instant, Josh zigzaguait entre les énormes rochers. Il avait retroussé le bas de son pantalon. Il portait un tee-shirt fin qui collait à son torse, révélant ses muscles bandés. Il se retourna et sourit à Kevin. Yeux bleus éclatants. Étincelants comme la mer. Toujours humides. Intrigants. Personne ne savait parler et planifier les choses comme Josh. Puis celui-ci disparut entre les rochers. Au même moment, le soleil se cacha derrière un nuage et Kevin soudain frissonna. Il regretta de ne pas avoir enfilé sa veste, rangée dans la valise de Sarah. Il ne voyait, n'entendait plus ni Josh, ni Katherine, ni Sarah. Il se retourna, personne en vue. Il était seul.

Au large, la force des vagues. Il était facile de se laisser surprendre par la marée. Chaque année, des touristes se faisaient piéger en se promenant dans la baie et il fallait appeler les secours. Risquer sa vie pour prendre un selfie sur fond de coucher de soleil. Crétins de citadins.

La veille au soir, son cousin l'avait mis en garde : « C'est un gros coeff, en ce moment. » Il avait attrapé dans la glacière un crabe fraîchement pêché aux abords de l'île. Le cousin avait brandi le crustacé battant des pinces devant le visage de Sarah, qui avait hurlé. Puis il l'avait plongé dans l'eau bouillante. Sifflement. Il avait posé un couvercle de métal par-dessus avec un bruit sec. « Fais pas le con, Kevin. La marée remonte vite. Tes copains de la ville, ils connaissent rien à la mer. Et tu sais ce qu'on raconte, comme quoi cette île est maudite. Une vraie saleté. Même avant la Française. Avec ce qui est arrivé là-bas à ce débile d'Alphonse, et l'oncle qui s'est noyé. »

Pauvre Alphonse, Kevin se souvenait bien de lui. Le fou du village, qui portait des rubans dans les cheveux. Il était allé se cacher sur l'île quand Kevin était enfant. Il s'était réfugié sur ce morceau de paradis, ou d'enfer. Et il n'en était jamais revenu. Alphonse était mort, puis son oncle après lui. « Mais qu'est-ce qu'il veut faire avec cette putain d'île, ton copain ? » avait demandé son cousin en ouvrant une canette de bière. Ces paroles sonnaient comme une menace aux oreilles de Kevin, et il n'avait pas répondu. Se contentant de ricaner en secouant la tête. Il entendait encore cette question à présent, elle se mêlait aux vagues et aux aboiements d'un chien sur la plage.

Les bruits se propagent plus vite sur l'eau, il le savait. L'eau est un conducteur, elle amplifie tout. Il soupira, il aurait voulu être chez lui, devant la télé. Il ne voulait pas venir passer le week-end ici, mais Josh avait été intraitable. Même ce matin, en se réveillant dans la maison de son cousin auprès de Sarah, l'idée de la marée montante – d'être encerclé par ce mouvement sans fin, impossible à contenir, à bloquer, à repousser –, c'était atroce. La mer jouait les témoins, Kevin en était certain, elle voyait les choses, les enregistrait.

Un peu essoufflée, Clarice gravissait les derniers mètres. Elle avait eu du mal à porter son barda et avait maudit l'absence des autres. Personne n'était là pour l'aider, lui parler. Kevin était encore hors de vue. Quand elle atteignit le sommet, il lui tournait le dos, contemplant la mer en tremblant. « Ça va, Kevin ? » demanda-t-elle. Il fit volte-face et répondit sèchement : « Très bien. » Puis il ajouta : « Il faut se faufiler par là. » Il considéra la faille, puis Clarice. Elle entrait dans la catégorie de ce que sa mère appelait les « filles robustes ». Grassouillette, avec des poignées d'amour. Kevin n'aimait pas le gras, il était mince, carburait au Red Bull, au café et aux clopes, qu'il essayait d'arrêter. Il portait un patch ce week-end. Ne vapotait même pas. Il se nourrissait de tartines de pain blanc au petit déjeuner et le soir. Quelques petits pois surgelés. Du jambon. Des chips. Il était mince et aimait se sentir léger, avec ses creux, comme une absence dans ses os. La possibilité d'être ailleurs.

Clarice le regarda à peine. « Où est Josh ? » Kevin lui fit un signe du pouce, comprenant qu'elle voulait simplement rejoindre les autres. Depuis qu'il travaillait avec Josh, Kevin avait rencontré Clarice à une ou deux reprises, ils s'étaient parlé quelquefois au téléphone. Elle ne lui prêtait aucune attention, alors qu'elle était toujours affable et aux petits soins avec Josh, toujours prête à l'aider, à lui servir un verre, à lui arranger sa nouvelle cravate. Sa petite esclave, songea Kevin. « C'est un peu une seconde grande sœur, disait Josh. On se connaît depuis toujours. »

Clarice se fraya un passage, écrasant sa poitrine contre le granit rugueux qui lui râpait la peau. Elle crut percevoir des voix de l'autre côté. Elle imaginait leurs visages fendus par un sourire, Josh, Katherine et Sarah, hilares, tout à leur gaieté. Clarice était furieuse de ne pas y prendre part. Elle les aurait déjà rejoints, sans Charlie. Toujours si lent. Quel escargot. Certes, elle adorait son allure tranquille, seulement le *kairos* lui était un concept totalement étranger. Josh connaissait le *kairos* par cœur, il avait étudié les classiques, il savait saisir l'instant. La molesse de Charlie lui apparut soudain très clairement tandis qu'elle grimpait. La veille au soir, elle avait pleuré sans pouvoir s'arrêter. Charlie avait essayé d'annuler le week-end. Elle était épuisée, c'est tout. Les hormones. Les sautes d'humeur. L'excitation des fiançailles. « Ça arrive à tout le monde », avait-elle dit, parce que c'était vrai. Mais Charlie était inquiet, il avait tenté de la dissuader d'aller sur l'île, prétextant qu'elle avait les copies de ses élèves à corriger, du repassage et des courses à faire, et puis leur mariage, ils allaient l'annoncer lors d'une fête qu'il fallait organiser – passer des coups de fil, envoyer les invitations. Clarice était à la fois terrifiée et remplie d'une satisfaction suprême. Charlie et Clarice, leurs fiançailles. Deux C d'argent entrelacés sur une carte d'un gris mat. Elle, l'oisillon, la petite dernière. Qui enfin prenait son envol.

Clarice fit une pause, elle s'imaginait annonçant son mariage prochain à ses parents lors d'un dîner avec la famille de Charlie. Ils viendraient ensemble, même s'ils étaient divorcés. Ils se montreraient polis. Saumon, pommes de terre avec du beurre à la ciboulette, asperges, vin blanc frais, glacé sur son palais, encore une gorgée. Ensuite, elle le dirait à ses amis sur Facebook, Instagram, par e-mails et SMS. Changer son profil, choisir une robe qui dissimule son ventre et mette en valeur sa poitrine. Décolleté pigeonnant. Ses seins enveloppés de soie ce jour-là. Son rire sexy, jaillissant du fond de sa gorge. Son rire ferait tourner les têtes.

Mais pour l'heure, Clarice était ici. C'était un sas. Ce week-end serait une dernière partie de plaisir, elle boirait, beaucoup trop, comme elle le faisait souvent avec Josh. Se laisser aller. Faire la fête. Ils avaient toujours fait ça. Elle avait commencé avec

Evelyn. Elle et Evelyn, une bouteille à la main. Boire, se bourrer la gueule. Vomir, être malade, regretter, oublier. Oublier. Enfin, Clarice s'extirpa des rochers. Elle était allée trop vite. Des gouttelettes de sang perlaient sur son épaule, de minuscules rubis sur sa peau éraflée.

De son côté, Kevin se demandait s'il devait attendre Charlie, le seul à ne pas encore avoir franchi la faille. Il se remémorait la tête qu'il avait faite en le découvrant avec Sarah. Charlie avait soupiré en les voyant se vautrer dans le sable, secoué la tête lorsqu'ils s'étaient roulés par terre. Quel snob. Kevin et Charlie s'étaient rencontrés une seule fois, dans un bar où ils fêtaient l'anniversaire de Josh. Le courant n'était pas passé. Charlie aboyait : « Il faut sauvegarder les sentiers. Pas d'élevage industriel. Tout doit rester à petite échelle. » (Alors même qu'il n'avait jamais vécu à la campagne.) La mère de Kevin travaillait à l'usine de conditionnement de viande du coin. Payée à la pièce. Elle travaillait comme un robot. De vrais bras d'homme. On pouvait se faire pas mal d'argent. Il fallait garder son boulot. Viser trois cents cochons. Pas trois. Ils s'étaient querellés. Brièvement. Qu'il aille se faire foutre, qu'il trouve son chemin tout seul, trancha Kevin.

À peine quelques minutes plus tard, Charlie arriva enfin devant les énormes parois. Rouge et en sueur. C'était la fin du sentier, mais toujours aucun signe des autres. « Ohé ? » appela-t-il – pas de réponse. Essoufflé, il posa la glacière, le pack d'eau, et fit glisser son sac à dos. Il se débarrassa de son gros pull, ouvrit le col de sa chemise. « Ohé ? » cria-t-il à nouveau. Il soupira : se cachaient-ils pour lui jouer un tour ? C'était bien le genre de Josh, d'encourager ce genre de farces, et celui de Clarice de le suivre. « C'est pour s'amuser », dirait-elle. Elle se montrait toujours si loyale. Charlie comprenait, la loyauté, c'était tout.

Il s'assit sur la glacière, appela de nouveau : « Vous êtes où ? » Les rochers se dressaient autour de lui telles des tours anciennes. Couleur sable, avec une pointe de rose. De là, il était impossible d'apercevoir la mer ou la plage. C'était bizarre, songea-t-il, il aurait pu se trouver n'importe où : au fin fond du bush australien, dans les montagnes de l'Atlas, au milieu de ces roches nées d'anciens volcans, un magma autrefois en fusion figé dans le temps. Le soleil apparut, une fois de plus, lui brûlant le cou. Il bâilla.

Charlie avait à peine dormi la nuit précédente, inquiet pour Clarice, ses larmes – même si c'était fréquent et que sa mère à lui disait qu'elle devait être « instable » –, et puis il y avait leurs fiançailles, la bague qu'il avait choisie. Au départ il avait une image en tête, à la couleur et la forme incertaines, et il avait hésité quant à la manière de procéder : devait-il demander conseil à un ami, à ses parents – il ne pouvait s'en remettre à mémé, elle était morte –, ou devait-il taper dans Google *bague de fiançailles* et laisser l'univers lui faire des propositions ? Finalement, il s'était rendu chez le bijoutier du coin, avait opté pour quelque chose de simple qui avait semblé plaire à Clarice. Mais la veille au soir, l'histoire des larmes et de la bague l'avait amené à s'interroger plus encore. Son avenir étalé devant lui, infini et trouble. Il y avait tout un tas de questions auxquelles il ne pouvait répondre. Il s'était levé aux premières lueurs du jour pour charger la voiture.

Le manque de sommeil soudain le rattrapa. Charlie s'assit à l'ombre, le dos calé contre la pierre et sentit ses paupières se fermer, pareilles à des rideaux, à un couvre-lit qu'on tire, le réconfort d'une pause, de pouvoir s'appuyer contre quelque chose. Au loin, il entendait un goéland beugler, ou était-ce un chien ? La caverne profonde du sommeil aspirait Charlie. L'invitation était si douce.

Charlie s'assoupit, et aussitôt se retrouva dans une salle, même si en vérité c'était plus un espace qu'une salle, avec au milieu une piscine, remplie d'une eau stagnante et fangeuse, de feuilles mortes et de débris. À croire qu'on l'avait abandonnée après l'été et que personne n'était revenu. Une adolescente flottait au fond du bassin. Bras étendus, jambes écartées. Charlie se demanda si elle était morte. Mais elle ouvrit les yeux, des yeux perdus dans le vague, apparemment en vie, mais ailleurs. Elle remonta à la surface et grimpa sur un matelas pneumatique. Puis elle demeura allongée là, sans bouger, regardant droit devant elle. Elle était couverte de feuilles, de brindilles, d'herbes, et ne faisait rien pour s'en débarrasser. Au bout d'un moment, elle se tourna vers Charlie et lui dit : « C'est un été où il ne se passe rien. » Il voulut lui répondre, retirer ces choses sur sa peau car c'était répugnant de la voir dans cet état – mais Charlie distingua alors la voix de Josh : « Il fait la sieste. » Clarice s'écria : « Merde alors, Charlie ! », et le rêve lui échappa à la manière d'un poisson qui vous glisse entre les doigts, impossible à retenir. Charlie s'éveilla.

Katherine vit Josh et les autres émerger du passage entre les rochers. Ils étaient morts de rire. Charlie secouait la tête et Clarice ne cessait de répéter : « Oh Charlie, merde alors, Charlie ! » Plus loin, Kevin et Sarah inspectaient les rayures sur la valise rose. Le calme des lieux était rompu, la clairière s'était muée en une scène sur laquelle chacun défilait, accrochant brièvement la lumière avant de rejoindre les coulisses.

Sur le banc, Katherine contemplait la péninsule, la mer qui touchait un horizon impénétrable, où eau et ciel se confondaient. Elle ouvrit son sac à dos, examina ce qu'elle y avait mis ce matin-là (tandis que Josh l'attendait dans sa voiture), un baluchon préparé à la hâte. Katherine voyageait léger en toutes circonstances. Elle emportait toujours les mêmes choses : un short pour courir, une serviette de voyage, des dessous, un maillot de bain, un tee-shirt de rechange, une veste en polaire, une casquette, une brosse à dents, du dentifrice, une barre énergétique. Un tailleur (pour les voyages professionnels). Elle soignait toujours les apparences. Toujours vêtue de façon neutre. N'emportant jamais rien d'inutile. Elle méprisait la nostalgie. Pensait positif. Méditait. Visualisait son avenir : une chirurgienne spécialisée en cardiologie. Sur le banc, elle sortit son short du sac et l'inspecta en fronçant les sourcils. C'était son short d'hiver, comment avait-elle pu se tromper ? Depuis la mort de sa mère, Katherine ne maîtrisait plus l'ordre des choses. Elle perdait le contrôle. Elle s'était trompée de saison.

Un mois avait passé depuis que sa mère était morte. Trois semaines depuis l'enterrement. Katherine avait été impuissante face au cancer. Elle était de la partie, presque chirurgienne. Et incapable de sauver sa propre mère. Au bord de la tombe, son frère avait pleuré. Katherine avait gardé son sang-froid. Elle était docteure. La mort faisait partie du quotidien. Elle avait aidé son père à s'occuper de la paperasse des obsèques. Passé des coups de fil. Parlé à leurs proches en souffrance. Proposé des gâteaux. Les yeux secs.

La semaine précédente, son père lui avait offert les bagues de sa mère. Katherine avait voulu lui dire, sans pouvoir prononcer les mots : « Papa, le passé, c'est le passé. Maman est morte. » Elle avait refusé les bagues, comme elle refusait le désespoir qui l'assaillait chaque jour, chaque matin et chaque soir sur le quai de la gare, au passage des trains à grande vitesse. Fracas brutal du métal. À un pas de la paix. À un pas de la créature piégée qui se débattait dans la pièce. Katherine se trouvait à un pas de la tranquillité. Un tout petit pas. Une pierre, songea-t-elle, tout en pliant et dépliant le short d'hiver, elle était une pierre, d'un seul bloc.

« En route, la compagnie, dit Josh, je vais vous montrer la maison. » Katherine se doutait qu'il faudrait marcher encore. Josh disparut derrière un gros rocher. « Suivez-moi », cria-t-il, et ils lui emboîtèrent le pas. Après qu'il eut soulevé une branche et repoussé du bois flotté, apparut un portail en acier flambant neuf. Une rangée de barreaux métalliques se dressait, presque aussi haute que Josh. Deux cadenas. Un verrou. « Sacré boulot », reconnut Charlie, qui secoua les barreaux. Le portail bougea à peine.

« Le propriétaire l'a fait installer la semaine dernière. Pour protéger la propriété et la maison, à présent que l'île est à vendre, expliqua-t-il. Pour empêcher les intrusions. » Du fond de sa poche il sortit un trousseau de clés et ouvrit le portail. Celui-ci donnait sur un escalier taillé dans la roche, bordé de chaque côté d'un mur de pierre.

« Faites gaffe, dit Josh en entrant, certaines marches sont près de s'effondrer. Et n'oubliez pas qu'on doit se faire discrets. » Avant de se retourner, il lança les clés en l'air, interpellant : « Kevin ! » D'instinct, la main de celui-ci jaillit, obéissant à l'ordre. Les clés fendirent l'air, étincelant dans le soleil. Kevin les attrapa au vol. Contact rude sur sa peau. « Referme bien derrière nous », ajouta Josh. Kevin acquiesça.

L'escalier était raide, mais il avait tellement hâte d'être en haut qu'il aurait pu le grimper en courant. Il lui tardait d'arriver à la maison, d'en finir avec ce week-end. Les clients se présenteraient la semaine suivante. L'île serait vendue. Et tout serait enfin terminé, pensait-il.

Il y était déjà venu, des années plus tôt. Une fois. Avec son oncle. Par une nuit d'été. Il avait onze ans. C'était la première fois qu'il partait pêcher de nuit. Poser les casiers à homards. Observer les étoiles. Splendeur noir d'encre et jaune. À marée haute, ils avaient traversé la baie, amarré leur bateau non loin de la clairière, puis s'étaient faufilés entre les pins, à la lumière miroitante de la pleine lune. Velours bleu piqué d'or teinté des craquements des aiguilles de pin sous leurs pas. Les frottements de la combinaison de son oncle. Le ressac sur le sable. Il y avait si longtemps. À l'époque la maison était inoccupée. Volets clos. Pas une âme. Ils avaient grimpé l'escalier. Il n'y avait pas de portail.

« Tout va bien, Kevin ? » demanda Sarah devant son visage blême. Le sien était écarlate, à force de porter sa valise. Elle sourit, et Kevin lui sourit en retour, heureux de la retrouver. Ses lèvres s'entrouvrirent, révélant ses petites dents nacrées et l'ombre de sa langue. L'accélération de son souffle, à l'idée qu'il la regardait, et qu'il savait qu'elle le regardait. Cela signifiait quelque chose, pensa Kevin, savourant pleinement cet instant, quand on devine le désir de l'autre, que l'autre décèle le vôtre, et qu'ils se rencontrent à travers un regard. Parfois, les yeux suffisaient, ils parlaient le langage de la chair.

« N'oublie pas de verrouiller », dit Sarah pour le taquiner. Kevin s'assura que le portail était bien fermé, les deux clés bien droites dans la serrure flambant neuve. Il le secoua. Plus personne ne pouvait entrer, et plus personne ne pouvait sortir. Ils étaient enfermés ici pour vingt-quatre heures. Il glissa les clés dans sa poche.

Josh était déjà en haut. Charlie était hors d'haleine, à cause de l'inclinaison de l'escalier, presque aussi abrupt qu'une échelle. Cela l'agaçait, il aurait voulu pouvoir grimper les marches quatre à quatre. La faute aux kilos qu'il avait pris depuis que Clarice et lui habitaient ensemble. Ils regardaient des séries en streaming, s'empiffraient de gâteaux et de biscuits. Ils ne pouvaient pas s'arrêter. Charlie songea à la ligne rouge indiquant la durée sur l'écran, toujours cette ligne rouge. Allez, encore un. Juste un.

« Charlie, l'interpella Josh. Regarde. » Haletant, Charlie le rattrapa. Ses yeux d'expert firent un rapide état des lieux. La végétation dense qui dépassait le mur de pierre. Les vieux rosiers épars, épanouis et luxuriants. Orties et ronces envahissaient les massifs. Dans un angle, un tas de mauvaises herbes arrachées, de fleurs fanées et de branches. On avait récemment tondu la pelouse. Le jardin s'étendait jusqu'à une clôture de piquets blancs. Un figuier, à l'opulent feuillage. Garni de fruits. Au-delà de la clôture, une vaste cage, une structure grillagée de dix mètres carrés. Pour quoi faire ? se demanda Charlie en avisant, près de la cage, un palmier très haut, touche d'exotisme qu'on remarquait souvent sur les rivages du nord de l'Europe. Un tribut rendu au Sud, une invitation aux journées chaudes. À l'opposé de la cage, au bout de l'allée, se trouvait une vaste maison à l'architecture massive. Sept ou huit chambres, au jugé. Vieille de plus d'un siècle. Toit d'ardoises, huisseries en bois, peinture écaillée. Au-dessus de la porte, il remarqua une mosaïque de coquillages. Il y avait des rideaux aux fenêtres, et fait étrange, l'un d'eux bougea, comme si quelqu'un se trouvait à l'intérieur. Charlie sursauta, Josh n'avait-il pas mentionné que la maison était inhabitée depuis des années ? C'était peut-être son imagination.

Il se tourna vers Josh pour s'en assurer, mais Clarice lui fonça dessus : « Pousse-toi, Charlie ! » Elle jeta son pack d'eau près du sien. Des bouteilles turquoise vif. Hors d'haleine, elle se rua en avant et s'écroula dans l'herbe, sur le dos, au milieu des pâquerettes. Ses cheveux formaient une auréole autour de sa tête.

« C'est incroyable, cet endroit », dit-elle, ou crut-elle dire, car sa voix n'était qu'un murmure. Cette île était merveilleuse. Tout droit sortie d'un rêve. Elle sentait sous elle l'herbe humide et fraîche. Étendant les bras, elle caressa des doigts les touffes de trèfle, les tiges des fleurs. Les yeux fermés pour ne pas être aveuglée, elle laissa la chaleur du soleil inonder son visage, sa peau, ses bras, ses jambes, son buste, ses seins. Un instant, Clarice se sentit entière, d'un seul tenant, alors que d'habitude son corps lui semblait un fardeau, une montagne de bourrelets et d'envies qu'il fallait nourrir, nettoyer, supporter. Un corps étranger. Une main en visière, elle plissa les yeux et, à l'instar de Charlie, elle vit la maison pour la première fois. Majestueuse. Où se trouvait la porte ? Était-elle verrouillée ?

À cette pensée, elle se leva d'un bond, avec une souplesse et une agilité étonnantes, et lança à Josh : « Premier arrivé à la porte. » Un jeu auquel elle avait joué un été avec Evelyn. Quel âge avait-elle ? Elle était petite. Neuf ou dix ans. Elle était plus proche d'Evelyn à l'époque, elle lui criait : « La première arrivée. La première arrivée. La première arrivée. » La dernière arrivée devait relever un défi, sinon l'autre lui infligeait une brûlure indienne. Une brûlure sioux – c'était quand même une drôle d'expression, réalisa-t-elle – signifiait que la gagnante – en général Evelyn, puisqu'elle était la plus âgée – agrippait le poignet de la perdante – en général, Clarice –, qu'elles se rapprochaient l'une de l'autre, au corps à corps, et qu'Evelyn se mettait à lui pincer la peau, jusqu'à ce que Clarice ait envie de pleurer. Mais elle n'en montrait rien. Evelyn lui triturait la peau jusqu'à ce que ça brûle. Clarice répéta à voix haute : « Premier arrivé à la porte. »

Josh hésita un instant, regarda Katherine qui passait en revue le contenu de son sac à dos pour la énième fois, et dépliait puis repliait un vêtement. Enfin, il se tourna vers Clarice et tous deux détalèrent en se défiant du regard, hilares, gloussant, en piétinant les fleurs des champs. Ils dépassèrent de vieux pots de céramique cassés, une roue de bicyclette, un seau, un tas de galets gris moucheté, marron et roses, qu'on avait dû ramasser sur la plage, pensa Clarice jusqu'à la porte. Les coquillages incrustés dans le ciment autour de l'encadrement. Clarice tendit le bras. Il fallait la toucher. Sinon, ça ne comptait pas. « Première arrivée à la porte », cria-t-elle, car il fallait aussi prononcer les mots à voix haute. Elle se souvenait qu'Evelyn lui refusait la victoire quand elle oubliait de les dire ou de toucher la porte, et qu'ensuite elle avait droit à un supplément de punition. « Première arrivée à la porte », répéta-t-elle. Sa main s'écrasa sur la porte bleu-gris. Un bleu léger, fâné, complètement décoloré par endroits, presque blanc.

Josh ouvrit la porte et poussa doucement Clarice à l'intérieur. Les volets étaient clos. La seule lumière provenait de la porte ouverte. Clarice eut le temps de distinguer une grande cuisine en piètre état, avec un canapé, avant que Josh ne referme, et soudain l'obscurité fut totale. Elle n'y voyait plus rien. « Donc, je dois relever quel défi ? » demanda-t-il, car il connaissait les règles, elles n'avaient pas changées. « Ou j'ai droit à une brûlure sioux ? » Il sentait sous ses doigts la peau de Clarice. Étonnamment douce. Une peau qu'il avait si bien connue. Presque aussi bien que la sienne.

« Alors, défi ? » murmura-t-il. Il la tenait fermement par les épaules. Le cœur de Clarice battait à tout rompre après cette course endiablée. Elle pensa à Evelyn. Aux brûlures sioux. Parfois, après, Evelyn embrassait son poignet. Enfin, c'est ce qu'elle croyait. Evelyn lui embrassait le poignet avec douceur. Dans l'obscurité, elle sentit les doigts de Josh et songea à Charlie. Josh lui caressait les épaules, la naissance du cou. Alors, elle lui saisit le poignet et hurla : « Brûlure sioux, brûlure sioux », puis elle se mit à lui tordre la peau. Elle tirait, pinçait, s'acharnait, enfonçait ses ongles avec force dans sa chair. Brutale. Incontrôlable. Elle lui fit si mal qu'il laissa échapper un cri, et c'est à ce moment que Sarah ouvrit la porte.

Passant la main à tâtons sur le mur, elle alluma la lumière. Josh et Clarice se donnaient la main. Lui grimaçant, elle béate. Aussitôt, ils se lâchèrent et s'écartèrent d'un pas l'un de l'autre. Clarice posa une main sur sa hanche et, ignorant Sarah, dit à Josh : « Eh oui, j'étais la première arrivée à la porte.

— Comme quand on était mômes », ajouta Josh d'un ton jovial. Il lissa ses cheveux et prit appui à deux mains sur la table de la cuisine.

« C'est ce que je dis toujours à Charlie. Josh est comme un frère pour moi. C'est la famille », déclara Clarice en levant les yeux au ciel. Puis elle se mordit le pouce et sortit dans le soleil : « Charlie, où es-tu ? » Toujours appuyé contre la table, Josh faisait mine d'inspecter la cuisine, et croisa le regard de Sarah. Elle l'observait sans rien dire, mais n'en pensait pas moins. Elle coinça une boucle de cheveux derrière son oreille et lui adressa un sourire qu'il ignora d'abord, puis lui retourna. Il fit alors le tour de la table et la prit par les épaules : « Si on appelait les autres pour faire la visite de la maison ? »

Josh les rassembla sur la pelouse où le tas des packs d'eau formait une petite colline. En les voyant ainsi exposés au soleil, Charlie eut envie de les mettre à l'abri à l'intérieur, mais c'était Josh qui commandait, il le savait. De même qu'à l'école, il ne pouvait y avoir qu'un seul capitaine. « Bon, quelques règles de base, commença Josh en faisant les cent pas. Je vous rappelle que l'actuel propriétaire m'a demandé de garder un œil sur la maison durant le temps de la vente, et même de dormir sur place. Par contre, ce sont des gens très discrets, pas question de raconter que vous êtes venus ici, et… »

Kevin décrocha dès que Josh se mit à parler de « confiance », « d'amitiés choisies », « vraies ». Il l'avait déjà entendu tenir ce discours. Construire avec soin son amour-propre. Il utilisait ces mots-là avec ses clients : des Américains, des Russes, des Chinois. Pour qu'ils se sentent à part, considérés. Josh appelait ça « le Jeu », disait que ça attirait l'argent, tout était bon pour attirer le fric. Kevin regardait le ciel sans nuage, d'un bleu parfait. Il allait faire chaud. Le premier jour de chaleur de l'année, comme volé à l'été.

« Qui vivait là avant ? » demanda Sarah. Josh haussa les épaules.

« Et ça, qu'est-ce que c'est ? » Katherine désignait la cage. Tous se turent, et la cage se mit à vibrer sous l'effet du vent qui tournoyait dans l'espace vide.

« Rentrons visiter et je vous raconterai plus tard, dit Josh. Kevin peut aussi vous éclairer, il a grandi dans le coin. » Celui-ci fronça les sourcils et plongea les mains dans ses poches.

Dans la cuisine, Josh ouvrit les volets pour laisser pénétrer la lumière. Il n'y avait pas de réfrigérateur, juste une gazinière avec un seul brûleur qui marchait, et un évier avec un robinet qui laissait couler un filet d'eau. « C'est de l'eau de source qui vient du puits, expliqua-t-il en refermant le robinet. Mieux vaut ne pas la boire. » De là, ils suivirent un couloir qui les mena dans un vieux salon aux murs garnis de bibliothèques, dont la plupart des étagères avaient été vidées. Quelqu'un avait écrit *Fuck off* à la bombe sur un des murs, on avait fait du feu dans la cheminée, et brûlé une partie du parquet.

« C'est vide depuis environ dix ans », commenta Josh. « Il y a eu des squatters », ajouta Kevin qui était resté un peu à l'écart. Il ne pouvait leur dire qu'il était déjà venu ici autrefois. Personne ne le savait. Ni sa mère. Ni Sarah. Ni Josh.

Josh racontait l'histoire de l'île. La dernière propriétaire était une poétesse française qui, suivant les gens, était millionnaire ou sans le sou. « En réalité, personne n'en sait rien. On sait seulement qu'elle vivait ici avec une femme du coin. » Il leur lança un clin d'œil entendu. « Elle était obsédée par les îles et les roses, et il y a dix ans, elle a quitté le navire et on ne l'a plus jamais revue avant sa mort. C'est un riche parent à elle qui vient d'en hériter. » Josh ne voulait pas leur en dire plus.

Clarice insista pourtant, curieuse : « Mais tu ne connais pas son nom ? Comment peux-tu ignorer ça ? Une poétesse qui vit ici avec son amante. C'est tellement romantique. »

Josh pouffa : « Ça, ça relève du business, ma chère. » Il tira les rideaux et la vue les subjugua : la presqu'île, les rochers, la plage déserte, les mouettes, le phare. Une fois les fenêtres ouvertes, ils perçurent le bercement des vagues, l'imploration de la mer, litanie lointaine. La brise marine charriait une odeur iodée à l'intérieur. Un air frais vivifiant. Du haut d'une étagère, un volume bascula par terre. Un cahier.

Katherine le ramassa et lut le titre sur la couverture : *Alphonse parmi les roses*. Elle le feuilleta : de vieilles coupures de journaux y étaient collées. À propos d'une enquête. D'un décès. Des esquisses de roses. Des paragraphes manuscrits. Elle supposa que c'était l'œuvre de la poétesse. Elle soupira et reposa le cahier. Elle ne pouvait supporter ce désordre. Toute cette poussière. La cuisine crasseuse. Les tasses dans l'évier. Les cercles marron. Des trucs collants à l'intérieur. Dans le salon, le tissu du canapé était déchiré, et la mousse émergeait par endroits. Le papier peint était arraché, taché et moisi. Sur la cheminée trônaient une collection de coquillages et un vase ébréché dans lequel on avait laissé une rose desséchée. Et une photo écornée de la maison, avec deux femmes posant près de la porte. Katherine la prit machinalement et la glissa dans le cahier en songeant qu'elle devrait faire part aux autres de sa trouvaille. Ils s'étaient agglutinés près de la fenêtre, captivés par le panorama. Ensemble, et elle à part. Elle était la seule personne noire. Cela n'avait rien d'inhabituel, mais ils semblaient tous tellement proches. En les observant, elle se demanda de nouveau ce qu'elle faisait là. Pourquoi n'était-elle pas auprès de son père, à pleurer sa mère ?

Remarquant son désarroi, Josh s'empressa de la rejoindre. Il lui prit délicatement la main et se pencha pour l'embrasser. Ce fut si rapide, que Katherine n'eut pas le temps de réagir, pourtant c'était arrivé. Elle lui lança un regard noir, gênée de cette démonstration publique. Malgré tout, elle avait envie de lui, comme la veille, elle s'imagina le chevauchant, ses jambes enserrant son torse, avant de soudain disparaître, oublieuse du monde. Vivante. Pas morte. Pas avec la créature qui se débattait dans la pièce. Pas face à un train. Un appel d'air. « Montons voir les chambres », proposa Josh, et Katherine répondit : « Oui. »

Josh leur expliqua qu'il y avait deux escaliers pour accéder à l'étage. Le premier était escarpé, presque une échelle, un accès privé à la chambre principale, au-dessus du salon. Ils empruntèrent le second, derrière eux, qui menait vers un long couloir, où ils firent la visite d'une enfilade de chambres. Si nombreuses que Clarice en perdit le compte. Combien pouvait-il y en avoir ? Claquements de porte en chaîne. Josh pensa que c'était une idée qu'il pourrait utiliser auprès des potentiels acquéreurs : les plaisirs innombrables de l'île et de la maison. « Faites votre choix ! » ordonna-t-il. Ils ouvrirent les volets, les rideaux, les portes. La lumière entra dans les pièces, on aurait dit qu'on venait de les quitter, car il restait des livres sur les étagères, un cardigan de laine beige accroché à une patère, une brosse à cheveux sur une table dans un cabinet de toilette. Une pile de magazines de jardinage dans les WC. Dans une salle de bains, une vieille brosse à dents penchée dans un verre. Dans une chambre une radio, dans une autre un vieil ordinateur dont on avait ôté la coque arrière, exposant câbles et circuits.

Les couples investirent les chambres. Kevin et Sarah choisirent la violette, avec vue sur le jardin et la plage. Clarice et Charlie, une plus grande, avec une étagère remplie de livres de poche, et le bureau avec l'ordinateur cassé.

Au bout du couloir, une dernière porte. « On va dormir là, dit Josh à Katherine. La chambre principale. » Katherine constata que la pièce, située au-dessus du salon, jouissait de la même vue sur les rochers et la péninsule qui fendait le sable, telle la proue d'un navire. Les vagues déferlaient sur les récifs lointains. « Ouah ! soupira Josh.

— Extraordinaire », ajouta Katherine.

En jetant un coup d'œil autour d'elle, elle nota que c'était la seule chambre qui possédait un lit. Les autres étaient pourvues de simples matelas à même le sol. Il y avait une tête de lit en bois sculpté, décorée de fleurs. Katherine passa la main sur le bois chaleureux, faisant glisser ses doigts sur les courbures des pétales et des fruits. Elle posa son sac par terre et s'aperçut qu'elle avait encore à la main le cahier de la poétesse.

« Qu'est-ce que c'est ? » demanda Josh en lisant le titre : *Alphonse parmi les roses*.

« Je ne sais pas trop, je l'ai trouvé en bas. Ça devait être à la poétesse.

— On regardera ça plus tard », dit-il en lui prenant l'ouvrage des mains, et il l'embrassa. Il laissa choir le cahier et l'expédia d'un coup de pied sous le lit. « L'équipe de nettoyage commence lundi. Ils vont vider la maison, embarquer absolument tout. » Il regarda Katherine. Elle incarnait le présent. Son ici et maintenant. Il l'embrassa lentement. Elle ferma les yeux. Elle avait très envie de lui en cet instant.

Elle avait envie de faire l'amour, puis d'aller courir, peut-être cesserait-elle enfin d'imaginer ce train qui fonçait vers elle. C'était compter sans l'irruption de Clarice : « Quel lit magnifique. Mon Dieu, ces fleurs, ce sont des lys. Le symbole de la pureté. » Elle pouffa de rire et s'éclipsa en criant : « Charlie, Charlie, où es-tu ? »

Les couples commencèrent à préparer les lits, secouant et retournant les matelas, balayant la poussière accumulée par terre. Sarah prit un flacon de gel hydroalcoolique dans son sac et s'en enduisit les mains. Elle en utilisait une bouteille par semaine, elle passait son temps à se frotter les mains. Elle retourna à la cuisine chercher un balai et une pelle. Kevin lâcha son sac dans un coin. Il avait envie de fumer, d'avoir une cigarette aux lèvres. « Embrasse-moi », dit-il à Sarah, impatient. Elle posa la pelle et ferma doucement la porte. « Toi, embrasse-moi d'abord. »

De l'autre côté du couloir, Clarice feuilletait des magazines tandis que Charlie faisait le lit. Il avait apporté un drap-housse au cas où, deux sacs de couchage en duvet d'oie et deux petits oreillers de camping. Il retira les duvets de leur housse, les secoua, répartit les plumes uniformément. Puis il les disposa sur le lit, l'un bien à côté de l'autre, comme des cocons attendant d'éclore, ou des momies, songea-t-il sans savoir pourquoi, vu qu'il s'agissait juste de sacs de couchage, et il se souvint qu'un ami lui avait raconté le processus de l'embaumement dans l'Antiquité, ce qu'on faisait de la peau, des orifices, le drainage du sang, comment on enveloppait et ficelait les corps dans du tissu. Quelle étrange coutume de conserver les corps après la mort. À croire qu'ils étaient sacrés.

Il s'agenouilla sur le matelas avec maladresse, et se coucha. À nouveau si fatigué soudain. À l'horizontale.

« Regarde ce que j'ai trouvé ! » dit Clarice en brandissant une brochure touristique avec en couverture une photo de l'île. C'était une photo passée, jaunie, remontant peut-être à vingt ans, qui présentait l'île vue du ciel. Elle avait la forme d'une larme, songea Clarice, avec une partie plus évasée à hauteur de la plage. La pointe ouest s'étirait dans la mer, extension minuscule, tel un empattement typographique au bout d'une lettre, ultime courbe d'un mot avant le large. Elle passa les doigts sur la mer, toucha les vagues.

Elle se souvint d'une comptine, quand elle était enfant, que l'on chantait en se tapant dans les mains, sans doute l'avait-elle chantée avec Evelyn, frappant les paumes de son amie, de plus en plus vite. « Sous les ronces, sous la mer, boum, boum, boum. Le grand amour, c'est pour toi, c'est pour moi ? Vingt-quatre poissons nagent dans la mer, douze et douze font vingt-quatre… » Hélas, Clarice avait oublié le reste des paroles, et elle se demandait ce qu'était le grand amour. Était-ce, comme le disaient les philosophes, ainsi qu'elle l'avait lu dans d'innombrables livres, le fait d'être né divisé, l'amour représentant alors le besoin de trouver son autre moitié, sa partie manquante ?

Soudain, une bourrasque s'empara de la fenêtre et la referma brusquement. La rouvrit. La claqua. Le chahut ramena Clarice à l'instant présent, et à Charlie, auquel elle tendit la brochure. « Regarde ! » répéta-t-elle en lui fourrant le document entre les mains. « L'île est occupée depuis l'époque romaine. C'est eux qui ont creusé le premier puits quand ils ont découvert la source. Après, ce sont des moines qui se sont installés ici.

— C'est intéressant, dit Charlie en prenant la brochure.

— Fascinant, tu veux dire. », continua Clarice, qui détestait les mots qu'elle prononçait. De même que « mignon », ou « adorable ». Des termes qui ne voulaient rien dire, et qu'elle utilisait sans arrêt. Abréviations et émoticônes. LOL. Elle avait besoin d'autres mots, les cherchait au-dedans et au-dehors, parce que justement ils lui faisaient souvent défaut. Ainsi la veille, lorsqu'elle avait pleuré au moment où Charlie lui avait offert la bague. Elle était incapable de décrire ce qu'elle ressentait. Juste une affreuse impression de sombrer. Les mots lui manquaient.

Sarah avait joyeusement jeté son dévolu sur la chambre d'en face : « Oh putain ! Des murs violets ! » Elle ne leur avait pas raconté qu'à l'adolescence elle avait rêvé d'une chambre aux murs violets. Une chambre d'ado violette. Son père avait refusé, terrifié à l'idée que sa fille finisse droguée à l'instar de sa première femme. Glissant le long d'une affreuse pente violette. Une chose en amenant une autre. Ou encore, elle aurait pu devenir superstitieuse, comme sa mère à lui. Craindre les sorcières. Faire sécher des plantes. En Pologne, le père de Sarah était professeur d'histoire. En Grande-Bretagne, il était chauffeur de car, pour les touristes ou les écoliers. Il avait gagné assez d'argent, s'était remarié. Il voulait offrir la meilleure vie possible à sa fille aînée. Pas de bêtises. Pas de déviances. Pas de violet. Jamais de violet. En fin de compte, il avait repeint les murs de la chambre de Sarah en beige. Accroché au mur d'immenses photos de pierres grises et de paysages marins. Avec des fioritures crème. Et des coussins ivoire sur le lit.

Ma chambre d'adolescente ressemblait à un salon de beauté, se dit Sarah en faisant rouler sa valise rose. Elle composa le code d'ouverture, sortit sa trousse de toilette, des lingettes antibactériennes, et s'essuya les mains de nouveau. Être propre. Toujours propre. Elle ouvrit son miroir de sac à main, vérifia ses sourcils, ses lèvres, ses joues et ses yeux. Toujours belle. Apprêtée. Sourcils froncés, elle sortit sa pince à épiler, arracha un poil rebelle, passa un doigt sous son œil. Elle avait les joues roses après cette marche. Elle aurait voulu prendre un selfie, mais elle n'avait pas son téléphone. Kevin l'avait obligée à le laisser dans la voiture. Ils s'étaient querellés parce que Josh lui donnait des ordres. Or il n'était pas son esclave. Et elle non plus. Elle sortit une bouteille de parfum et en aspergea la pièce. Chasser les démons, comme disait sa grand-mère polonaise, Babula, qui avait appris à Sarah que les fantômes se dissimulaient dans la poussière. Et qu'ils avaient peur de l'eau de Javel. Babula avait attaché un ruban rouge au poignet de Sarah quand elle avait dix ans pour la protéger des démons. Son père l'avait coupé. Toutes ces superstitions, c'étaient des bêtises. Mais peu de temps après, Sarah était tombée de vélo et s'était cassé le bras.

Il fallait faire avec ce qu'on avait. Comme on pouvait, pensa-t-elle en reportant son regard sur le ruban rouge qu'elle attachait à la poignée de sa valise. Furieuse, elle s'aperçut alors qu'il n'était plus là. Où était-il passé ? Elle savait qu'ils auraient dû aller à l'hôtel plutôt qu'ici, mais elle ne dit rien. Elle ne voulait pas déclencher une autre dispute.

« J'ai l'air affreuse, dit-elle à Kevin en remettant un peu de gloss.

— Tu es superbe », répondit-il, parce que c'est ce qu'il répondait toujours. Ils jouaient et rejouaient sans cesse la même scène. Ils avaient bien conscience que c'était une comédie, pourtant ils remettaient ça presque tous les jours, de même qu'on boit du Red Bull avec de la vodka, qu'on beurre ses tartines et que les poissons nagent dans la mer. Kevin n'était pas dupe.

À genoux, Sarah s'employait à vider sa valise. Un pyjama de satin, une robe de chambre, un body en dentelle transparente. Elle déplia le body devant elle. Il était bleu marine, avec des parties en résille. Des petits nœuds. De minuscules fleurs crème, brodées. « Je l'ai acheté hier, dit-elle à Kevin en se mordant la lèvre inférieure. Tu as envie de... ? » Elle ne termina pas sa phrase, Kevin n'aimait pas qu'elle prononce le mot « baiser », même quand elle y pensait. Six lettres qui fusaient dans sa tête, qui filaient, incandescentes. Elle avait envie de lui. Seulement de lui. Son homme. Kevin regarda sa montre. « Vite fait alors, commenta-t-il, Josh veut qu'on déjeune bientôt. »

En moins d'une minute, elle avait revêtu ses dessous de dentelle. Kevin s'était placé derrière elle, les mains sur ses seins, ses muscles tendus. Ses petits seins durs et tendus aussi. Sarah était sur le point de jouir. Elle jouissait toujours rapidement.

Au salon, elle croisait des femmes qui prétendaient : « Les femmes ne peuvent pas jouir à chaque fois. » « C'est impossible. » « Ça, c'est pour les hommes. » Certaines de ses collègues esthéticiennes allaient sur Tinder et faisaient défiler les profils, mais elles racontaient que baiser avec ces mecs-là était « décevant ». « Trop rapide. » « Trop lent. » Sarah connaissait des femmes qui n'atteignaient l'orgasme qu'avec des vibromasseurs, des godes à piles, se vantant d'être « indépendantes ». Pendant qu'elle les maquillait ou leur épilait les sourcils, d'autres lui racontaient les relations qu'elles avaient avec des femmes : « Elle est tellement belle. » « C'est mon âme sœur. » « Un jour, dans le bus, quelqu'un nous a frappées parce qu'on se donnait la main. » Sarah épilait aussi à la cire des hommes qui lui parlaient de leur mec, elle avait une cliente transgenre adepte de l'électrolyse, qui parlait à mi-voix de « faire l'amour ». D'autres se targuaient d'être « bi ». « Polyamoureuse. » Sarah se sentait décalée parmi tous ces mots. Mais, pensait-elle, l'amour et la baise, c'était ça qui faisait tourner le monde. Tous les jours elle touchait des corps, des peaux, des textures. « Se faire dorloter », disaient ses clientes, alors avec ses mains et ses muscles, elle absorbait leurs histoires d'amour, leurs tensions, pour leur rendre la vie plus belle.

À cette seconde, dans la chambre violette, Sarah savait qu'elle allait jouir, elle sentait la vague monter en elle. Muscles. Peau. Tension. Détente. Respiration. Battements de cœur. Tremblements. Vertige. Comme pourchasser un rêve. Tenir un fil, un fil de mer déchaînée. Viens, viens en moi, viens en moi et reste. Ne te retire pas, avait-elle envie de dire à Kevin, viens là où je peux te garder. T'aimer. Te désirer. Là… et c'était parti. Elle imagina un certain acteur parce que ça lui permettait de prolonger l'orgasme. Sarah étouffa ses cris, elle avait envie de hurler.

Sarah ouvrit la bouche, Kevin faillit crier lui aussi. Il repensa à son premier baiser, avec une fille à l'école, qui s'appelait Sharon Tars, mais que tout le monde appelait « la Baiseuse de Mars », sans que personne sache si c'était vrai qu'elle appréciait d'une manière particulière ces fameuses barres chocolatées. Kevin et Sharon s'étaient embrassés dans le placard où l'on rangeait les matelas de gym. Odeur de plastique, de sueur rance, d'haleines mentholées.

Quelqu'un entra dans la chambre, Clarice, qui expliqua, après coup, qu'elle avait oublié où chacun dormait. Elle avait laissé Charlie se reposer. Elle avait faim, voulait explorer les lieux, commencer à préparer le déjeuner. En ouvrant la porte, elle vit Kevin et Sarah. Leurs corps arqués. Avant même qu'ils aient eu le temps de se retourner, elle sentit sa jalousie monter, car cette sensation, elle l'avait connue. Autrefois. Elle en était sûre, mais avec Charlie, ça n'était pas comme ça. Enfin Kevin hurla : « Fous le camp ! », et Clarice referma brusquement la porte et courut à la cuisine. Chamboulée.

Après exploration des placards, elle trouva une bouilloire, la remplit d'eau et alluma avec succès le brûleur qui fonctionnait. Puis elle s'installa à table, bientôt rejointe par Kevin qui débarqua en sifflotant. Il lui lança un clin d'œil complice et déclara : « Je rêve d'une tasse de thé », et Clarice fut incapable de trouver quoi dire.

Ils s'étaient rassemblés pour leur premier repas. Kevin s'était adossé au mur, dégustant son thé, mourant d'envie de fumer. La maison semblait soudain pleine, ce qui renvoya Kevin à la première fois où il était venu. Il n'aurait jamais dû être là cette fameuse nuit d'été. Mais tout le monde disait que son oncle était un type en or. Un beau gars, le frère de sa mère. Toujours prêt à donner un coup de main avec les enfants. Une main qui sortait d'un pull en tricot rouge. Une main qui chatouillait et donnait des bonbons. Plus tard, il tomberait de son bateau et se noierait. Mais ça, c'était après, et beaucoup trop tard. Cette nuit d'été de ses onze ans, Kevin avait docilement suivi son oncle dans l'escalier de pierre. Ignorant ce qui l'attendait.

« Kevin, mon pote, on va déjeuner », l'interpella Josh, l'arrachant à ses pensées. Il posa les mains sur les épaules de Charlie : « Cet homme merveilleux nous a apporté à manger ». Charlie rayonnait. Josh était plutôt avare en compliments. Il le charriait plus volontiers. Mais ça ne dérangeait pas Charlie : c'était l'ami de Clarice. Une amitié de longue date, qui remontait à l'époque de sa sœur. Les gens aimaient bien plaisanter. Il ne fallait pas y prêter trop attention et passer à autre chose. Avoir le cuir épais. Prendre les choses à la légère. C'était sans conséquence. De temps à autre, comme maintenant, Josh était super. Il poursuivit : « Merci beaucoup pour le déjeuner, Charlie.

— C'est rien », répondit-il, rougissant.

Mais Josh était intarissable : « Charlie, on peut toujours compter sur toi. Tu es un véritable ami. »

Kevin les observait. Josh ne lui parlait pas, ne lui demandait pas de participer, ne plaisantait pas avec lui, ne posait pas de question ni ne sollicitait son opinion. Kevin se sentait frustré : à quoi jouait Josh ? « Vous deux, vous formez vraiment un sacré duo », ajouta Josh à l'intention de Clarice. Il la prit par les épaules : « J'espère que tu en feras une femme respectable un jour. Vous devriez vraiment vous passer la bague au doigt. » Charlie fit un clin d'œil à Clarice, il voulait qu'elle leur dise, qu'elle annonce leur mariage, mais elle garda le silence. « Charlie est une belle prise », ajouta Josh. Et Charlie se demanda s'il ne se moquait pas de lui. Peut-être était-il tombé dans le panneau. Mais non, Josh ne s'y prendrait pas comme ça. Alors Charlie eut envie de faire son annonce, de partager son bonheur : « Eh bien, il y a quelque chose... », mais Clarice se leva d'un bond.

« Je vais chercher le pain, dit-elle. On pourrait faire des sandwiches. »

Clarice voulait que Charlie tienne sa langue, elle avait peur qu'il révèle tout. Non, pas maintenant, il fallait attendre le bon moment, surtout avec Josh. Ils ne s'étaient pas vus depuis si longtemps, et elle n'était pas certaine que cette maison sur l'île soit le bon endroit, avec ces gens qu'elle connaissait à peine. Elle ouvrit la glacière si brutalement qu'elle se coinça le doigt, qui se mit à pulser de douleur. Elle le fourra dans sa bouche. C'est trop tôt pour leur dire, pensa-t-elle. Pas déjà. Pas maintenant.

Josh avait demandé à tout le monde d'apporter à manger, et ils empilèrent leurs victuailles sur la table de la cuisine. De sa glacière, Charlie sortit du pain, du jambon, du fromage, des tomates, un petit pot de moutarde avec petite cuillère assortie. C'était mémé qui les lui avait donnés des années plus tôt. Enfin, il posa une assiette avec les six œufs durs qu'il avait cuits le matin même. Ronds comme des galets, pensa-t-il, en moins coriaces. Sans oublier : des assiettes de pique-nique et un couteau suisse. Katherine avait un couteau de poche, elle aussi, qu'elle brandit fièrement : « J'ai oublié la bouffe, on dirait », dit-elle à Kevin, qui, hilare, posa sur la table une canette de Red Bull et une bouteille de vodka. Il n'avait pas faim. La seule idée d'avaler quelque chose le révulsait.

Il regarda autour de lui, par la fenêtre. Un voilage crasseux masquait la vue. À travers les trous, on distinguait le ciel bleu, la lumière filtrait doucement dans la pièce. « J'ai apporté des trucs à grignoter », dit Sarah, armée d'un volumineux sac en plastique : chips, bretzels, bonbons. Josh alla chercher dans sa chambre un paquet rectangulaire et frais. « Saumon fumé. Et champagne, s'exclama-t-il en sortant une bouteille de derrière son dos.

— Oh, Josh, tu es le meilleur, dit Clarice d'une voix haut perchée en se frottant les mains. On a du gin et du tonic pour plus tard. Ou pour tout de suite ? » Elle attendit leur réaction, impatiente, en sautillant d'un pied sur l'autre. « Qui est partant pour un gin-tonic ? » Kevin la mangeait des yeux. Il capta son attention.

« C'est bon, je te suis », dit-il. Clarice piqua un fard, le picotement rose se répandit du creux de ses seins à son cou, jusqu'à son visage, incontrôlable. Et merde, pensa-t-elle. Elle prit la bouteille de gin.

Charlie eut l'air froissé en entendant le grincement métallique du bouchon. « On a du citron ? » demanda-t-elle. Mais Charlie s'employait déjà à découper de fines tranches de chair et de zeste. Il savait qu'elle avait envie de boire. C'était souvent le cas quand elle avait pleuré. Elle avait besoin de boire le lendemain. Et le jour suivant. Charlie prépara trois gin-tonics. Il était fatigué, pourtant il sentait qu'il devait participer, fêter ce week-end, le premier jour de soleil, et leurs fiançailles. « À la vôtre », dit-il à Clarice et Kevin. Et il avala son verre d'un trait.

Depuis sa chaise, Josh observait le groupe. Juste eux six. Une petite réunion intime, ainsi qu'il l'avait prévu lorsqu'il avait décidé de les inviter. À la dernière minute. Il voulait fêter ça. Il avait signé avec le propriétaire le mandat lui assurant l'exclusivité de la vente. Il s'était porté volontaire pour rester dormir sur place et veiller sur l'île avant l'arrivée des futurs acquéreurs. Il pensait déjà en secret à donner une fête. Il avait consulté ses contacts en se demandant qui inviter, éliminant tel et tel nom, doutant. À qui envoyer un SMS ? Pas de collègues (Kevin était une exception). Pas d'amis d'enfance, il les voyait à peine. Pas de membres de son club. Ni de sa famille – bordel ! Josh avait une vie sociale remplie, mais pas de temps pour avoir des amis. D'ailleurs qui en avait ? Au bout du compte, il avait proposé à Katherine, au restaurant pendant le dîner. Une fille qu'il venait juste de rencontrer. Une chirurgienne, rien que ça. Ensuite, il avait appelé Clarice, parce qu'elle le harcelait depuis des lustres, et Charlie, parce qu'ils étaient inséparables ; enfin il avait pensé à Kevin et Sarah. Ça faisait un bon chiffre. Sarah était ravissante et Kevin fiable. Il faisait ce qu'on lui disait.

Katherine beurrait une tartine, Sarah engloutissait des chips. Le verre de Clarice était déjà vide, mais son assiette bien remplie. Une trace de beurre brillait sur son menton. Une vieille chemise lui couvrait les épaules. Adolescente, elle était très jolie, se souvenait Josh, Evelyn disait que c'était une rose anglaise. Toute cette beauté, gâchée. Près d'elle, Charlie découpait une pomme rouge en quartiers bien nets. Pépins noirs, chair crème. Il disposa ensuite des morceaux de fromage sur les tranches de pomme et se mit à les déguster dignement, tout en sirotant son gin à petites gorgées, grimaçant comme s'il avalait un médicament. Charlie croisa le regard de Josh. Celui-ci le fixait sans relâche, s'amusant à l'examiner, se délectant de la sensation de l'avoir piégé. Il le vit cligner les paupières, perplexe. Charlie regarda autour de lui, mais les autres avaient les yeux ailleurs. Il avala de travers son dernier quartier de pomme, et se mit à tousser. Un morceau de peau rouge et des postillons atterrirent sur la table.

Malgré le soleil au-dehors, la pièce était sombre. Une fine couche de poussière recouvrait les tableaux accrochés aux murs. Voilait une aquarelle, qui représentait la plage. La poussière, partout, sur les étagères, les meubles de cuisine, les surfaces, la collection de coquillages dans le pot en verre au centre de la table. Nul ne disait mot. L'ambiance était plombée. En les regardant ainsi, Josh s'interrogea sur l'atmosphère de l'île. Il l'avait remarquée la toute première fois qu'il était venu : ce silence persistant dans la maison. Une pesanteur. Une présence. Dans le coin, on la surnommait « l'Île Sombre ». Ridicule, juste parce que certains s'étaient noyés, que le courant était fort, et qu'on partait à la pêche malgré les tempêtes. Évidemment que les fantômes n'existaient pas. Hélas, il savait que les superstitions pouvaient gâcher une vente. Les gens aimaient croire aux fantômes. C'était son boulot de tenir ce genre de bêtises loin des oreilles des acheteurs potentiels. L'île était un joyau, une rareté.

Au loin, il entendit les cris stridents des goélands, et le chant aigu d'un autre oiseau. « C'est un huîtrier », commenta Kevin en sirotant son gin. Il parlait presque pour lui-même, répétant les paroles de son oncle, la nuit où ils avaient accosté sur l'île. Il y avait si longtemps. Deux ans avant l'arrivée de la poétesse. Le père de Kevin venait d'être licencié. À cause de son dos en compote. Kevin avait laissé ses parents à leurs querelles, à la maison. Des querelles constantes à cause de l'argent, de la nourriture. La mère de Kevin avait remercié son frère d'emmener son fils pêcher avec lui. Il avait promis de ne pas aller sur l'île. Trop dangereux, la nuit. Un type bien. Son frère préféré. Lors de la traversée, l'oncle avait pris le bras de Kevin : « Écoute-moi bien, on va aller relever les casiers à homards de l'autre côté de l'île. Ce sera notre petit secret. Faut pas inquiéter ta maman. » Kevin n'avait rien répondu, juste acquiescé. Il avait entendu les rumeurs à propos de l'île. Les gens disaient qu'elle portait malheur. Des pêcheurs s'y étaient noyés. C'était un lieu maudit, on pouvait pêcher autour, mais sans jamais y accoster. Ils iraient s'amarrer devant la clairière, lui avait dit l'oncle, puis il avait de nouveau saisi Kevin par le bras en insistant : « Raconte pas ça à ta mère et ton père. » À l'approche de l'île, Kevin avait eu envie de faire demi-tour. La chaleur de juin l'enveloppait telle une couverture. Malgré la brise marine, les faits lui collaient à la peau. Même aujourd'hui, cela faisait encore partie de lui, et il savait qu'il ne pourrait jamais l'oublier, ne pourrait jamais s'affranchir de ce qui s'était passé cette nuit-là.

« Et merde, allons manger dehors », ordonna Josh. Il en avait marre d'être là. Il consulta sa montre et attrapa le champagne. « À nous ! » dit-il. Le bouchon sauta, ramenant Kevin au présent, qui remarqua soudain les toiles d'araignée, épaisses et délicates, suspendues aux poutres. Les mouches prisonnières de leurs filets. Il entendit Charlie protester : « Mais tout est prêt, là, on va perdre du temps. » Josh le toisa, il se tut. « Très bien », dit Sarah en haussant les épaules. « Super idée ! » s'exclama Clarice, pourtant déjà attablée et un peu éméchée. Charlie soupira et Clarice lui flanqua un coup de pied sous la table. Un peu de tenue, eut-elle envie de lui dire, Charlie ne savait pas se tenir en société. Katherine ne participait pas au débat, tout occupée à confectionner son sandwich, glissant une tranche de saumon fumé entre ses deux tartines de pain beurré. Parfaitement alignées.

Dès l'enfance, Katherine s'était toujours montrée méthodique, toujours maîtresse d'elle-même. Sa mère la tançait sévèrement à l'adolescence, car même lorsqu'elle rentrait très tard le soir, Katherine ne se départait jamais de son calme et répondait : « Oui, maman, je respecte ta position. » Et sa mère de s'écrier : « Mon Dieu, mais tu n'éprouves aucune émotion. Tu es un vrai robot », et la jeune fille imaginait son moi adolescent en titane et en acier trempé, contrôlé par des circuits intégrés, avec des diodes libérant des éclairs. Son existence régie par un code, des algorithmes, des suites de chiffres et autres séquences. Ces soirs-là, sa mère partait en claquant la porte. Pareille à une adolescente, songeait Katherine. Inquiets, ses parents lui avaient même fait passer des tests pour vérifier qu'elle n'était pas autiste. « Nous avons entrepris cela au cas où ton manque d'expressivité serait un cas clinique », lui avait plus tard expliqué son père, médecin. « Elle est à la limite du spectre, avait statué la psychologue pour enfants. Les émotions ne seront jamais son fort. » « Oh, ma chérie », s'était lamentée sa mère en la prenant dans ses bras. Katherine l'avait repoussée.

Dans cette cuisine, à présent, sa mère lui manquait. Ces câlins étouffants qu'elle détestait. Le train continuait de siffler dans sa tête. Elle avait cru que ça lui ferait du bien de s'échapper en venant sur cette île. De faire un break. En fait, c'était pire. Si seulement elle pouvait aller courir, évacuer tout ça, ainsi qu'elle le faisait après une opération délicate. Elle voulait oublier que sa mère était morte, feindre que ça n'était pas arrivé. À l'hôpital, elle avait vu une brochure proposant de l'aide en cas de deuil. À quoi bon ? Comment aurait-elle pu ne serait-ce qu'en parler ? C'était comme si son horloge intime avait perdu ses aiguilles. Elle n'était même pas proche de sa mère. Elles n'avaient rien à se dire. C'était ça, le pire. N'avoir rien à se dire. Katherine prit son assiette et sortit dans le jardin. D'un coup d'œil à sa montre, elle évalua qu'il lui restait un peu plus de seize heures.

Dehors, Josh alla s'asseoir à côté de Clarice, la bouteille de champagne à portée de main. À l'ombre du figuier, Sarah avait niché sa tête sur l'épaule de Kevin, plus détendue quoique toujours aux aguets. Charlie, lui, se tenait à l'écart du groupe, au beau milieu de la pelouse. Coiffé d'un chapeau, il enduisait son visage de crème solaire. Ou du moins essayait-il. La crème formait de petites traces blanches luisantes sur ses joues et son front. Il faisait chaud dans le jardin et, pendant un moment, nul ne dit mot. Les abeilles butinaient les boutons de roses rouges, crème et roses, qui ployaient selon des angles précaires dans les buissons ensauvagés. Épines et pétales de velours. Juin, le mois des fleurs – ainsi que l'avait lu Charlie un peu plus tôt dans un des magazines abandonnés là-haut –, lorsque la floraison atteignait son apogée et que les jardins étaient magnifiques. Josh mangeait son sandwich au saumon. Katherine avait déjà fini le sien et, les yeux perdus dans le ciel, caressant machinalement le petit cœur brodé sur son sac à dos, elle se demandait si elle coucherait avec Josh, et si oui, quand. Ce n'était pas son genre d'être aussi indécise. Les chirurgiens devaient être sûrs d'eux, leurs mains s'introduisaient au cœur de la machine de la vie. Pas le temps de tergiverser ni d'hésiter. Katherine cueillit une marguerite et se mit à en arracher les pétales. Je l'aime, un peu, beaucoup, ânonna-t-elle dans sa tête tout en les ôtant avec précision. Un par un.

Clarice observait Charlie qui se passait de la crème sur le visage et les jambes. Elle constata qu'il avait fini son gin et alla lui remplir son verre. Il but une gorgée. Amusée, elle désigna son nez : la crème. Il essaya de frotter. C'était toujours mieux d'avoir un verre plein, se dit-elle. Charlie avait la tête qui tournait, mais il reprit une gorgée. Il avait envie de rire, ou de pleurer. Il ne savait plus vraiment, il se sentait très ivre. Il caressait la coquille fragile des œufs sur l'assiette, à côté de lui. Il les avait apportés dans le jardin, convaincu que quelqu'un se laisserait tenter. Il se leva. « Qui veut un œuf ? » demanda-t-il à voix basse. Il n'obtint aucune réponse. À l'évidence, les autres ne lui prêtaient pas attention. Jambes flageolantes, il se rassit et sirota son verre.

Katherine dénicha une casquette dans son sac pour se protéger la tête. Elle regardait Charlie gesticuler. Sur ses jambes, des poils noirs trouaient l'écran de crème. Elle remarqua, derrière lui, le vieux mur du jardin, qui tenait encore debout grâce aux ronces, luxuriance vert foncé. Des arbres avaient poussé de façon anarchique. Plus loin, la cage. Assez vaste pour contenir un gros animal. Katherine avait très envie de savoir quelle bête on y avait enfermée. Mais elle ne poserait pas la question. Ce n'était pas son genre de poser des questions. Sarah suivit le regard de Katherine, vers la structure en métal recouverte d'un grillage tressé de minuscules carrés, par milliers. Le métal étincelait dans le soleil. Par endroits, il était déformé, comme si on avait poussé très fort contre les parois. Le sol à l'intérieur était d'une autre couleur, il restait quelques graviers, et l'ombre du grillage dessinait un réseau de lignes entrecroisées. Sarah demanda soudain : « Dis-moi, Josh, à quoi servait ce truc ? Qu'est-ce que la poétesse pouvait bien foutre là-dedans ?

— Un lapinou géant », répondit Kevin en levant les mains de chaque côté de sa tête pour imiter des oreilles, déclenchant un concert de rires.

« Ou bien Méduse », repartit Josh. Il enchaîna, en voyant leurs visages inexpressifs : « Une Gorgone, avec des serpents en guise de cheveux. D'un seul regard, elle pouvait transformer les gens en statue de pierre. Les amis, il faut relire vos classiques !

— Ou un Cyclope », proposa Clarice, suivant le même train de pensées, tel un wagon se raccrochant au sien. Accroche, boulon, serrage. Katherine passa son tour. « Ou un intrus ? » tenta Charlie. Personne ne trouva ça drôle. « Et pourquoi ça ? » demanda Kevin. « Oui c'est vrai, renchérit Josh. Dis-nous en plus, Charlie.

— Eh bien moi, j'enfermerais un salopard de cambrioleur, un intrus », reprit Charlie sur le ton de la plaisanterie, même s'il n'était plus tout à fait sûr de plaisanter. La tête lui tournait. « Ces types-là sont des racailles, il faut les punir plus sévèrement. Aujourd'hui, on relâche les drogués et les dealers pour les envoyer se prélasser dans des centres de cure. C'est une aberration judiciaire. Ces gens gâchent des vies. Mon père – il est juge – dit qu'ils déferlent sur le pays, les crimes de sang, les cartels de la drogue ! C'est comme les immigrés, ils ruinent le pays, sapent notre mode de vie aussi respectable qu'agréable... » Il se retrouva à court de mots. Il n'aurait pas dû boire de gin. Pourtant il avala une autre lampée. À présent, il était écarlate, ne savait plus vraiment pourquoi il avait pris la parole, ni tenu pareils propos, car certes son père y croyait, mais pas lui. Sa mère – qui avait divorcé – aurait été furieuse de l'entendre « cracher ses sottises racistes » et « se ridiculiser ». Les mots cascadaient de sa bouche. « Sérieusement, des criminels dans des centres de cure… On cherche les emmerdes. » Il était désormais intarissable. Enhardi par l'alcool. Qui avait débridé ce petit diable blanc ? Il s'était lâché. Clarice lui disait toujours : « Lâche-toi, lâche tout. Laisse aller. » Et voilà le résultat.

« J'en ai trop dit, conclut-il. Mais il faudrait faire quelque chose. Durcir la législation. » Tous les regards étaient braqués sur Charlie, qui se mit à fixer l'assiette d'œufs, ses cuisses. Des cuisses plutôt robustes, songea-t-il. Parfaites pour faire sauter des enfants sur ses genoux, espérait-il. Les larmes lui montèrent aux yeux, il voulait quitter cette île, là, maintenant, embarquer Clarice. La marée devait être encore basse.

Charlie se retourna vers elle, lui adressant un sourire plein de tendresse, mais Clarice secoua la tête. Elle se mordillait l'ongle du pouce, ainsi qu'elle le faisait toujours quand elle était nerveuse. Katherine avait l'air de s'ennuyer ferme, elle avait rouvert son sac à dos dont elle sortit pour la vingtième fois le short qui n'était pas le bon. Kevin et Sarah faisaient la tête. Il n'échappa pas à Charlie que Kevin se frottait le poing, il lui traversa l'esprit qu'il allait le frapper, ou se faisait-il juste des idées ? Le père de Sarah était un immigré, non ? Puis, il croisa le regard de Josh, qui le jaugeait tout en sirotant son champagne. Il pouffa : « Oh, Charlie. Mais qu'est-ce que tu peux être chiant ! Bien sûr qu'il faut préserver l'ordre et la loi, se méfier des clandestins et des jeunes à capuche. Sans oublier les ouvriers. » Tout le monde mordit à la boutade de Josh, parce qu'il plaisantait, évidemment. Il avait donné le ton, histoire de détendre l'atmosphère. Il n'en pensait pas un mot. Ils rirent de plus belle, même Katherine.

« Et si on faisait du café ? proposa Josh. Rentrons et je vous raconterais tout à propos de la cage. On a même les clés, vous savez. » Kevin plongea la main dans sa poche, à la recherche du métal aux bords rugueux. De la chaînette. Il brandit les clés devant eux : celles du portail, de la maison. Et de la cage. Il lança le trousseau en l'air et le rattrapa, en défiant Charlie des yeux. « Je n'aurais pas dû boire autant de gin », concéda celui-ci avant d'avaler la fin de son verre. Il partit vers la maison, emportant l'assiette d'œufs.

« Café ? » demanda Clarice. Elle les servit au salon, terminant par Charlie. Elle toucha sa main quand il attrapa le gobelet en plastique. Ça arrive, semblait dire son sourire. C'est inévitable. Voilà où ça t'a mené. Charlie pressa sa main, espérant qu'elle savait, tout au fond d'elle-même, qu'ils étaient fiancés, qu'ils allaient se marier, bien qu'elle ait insisté pour laisser sa bague à la maison. Ce matin-là, dans leur chambre, elle avait prétexté en lui tournant le dos : « Je risquerais de la perdre. Josh nous l'a bien dit. Pas de portables. Pas d'objets de valeur. » Elle avait ôté la bague, ouvert l'écrin de velours noir, puis sans transition, alors même que leurs bagages étaient prêts, elle avait ajouté : « Zut, j'ai oublié ma chemise bleue. Il me la faut. » Farfouillant tout en haut de l'armoire, elle avait attrapé des boîtes sur lesquelles il était inscrit : *Été*, et dont elle avait sorti en désordre tee-shirts, robes, pantalons de coton, foulards, qu'elle avait jetés par terre, jusqu'à ce qu'elle retrouve la chemise bleue. Et, debout au milieu de la montagne de vêtements dépliés, elle avait regardé sa montre en souriant, et annoncé : « Allez, Charlie, assez traîné comme ça. Hop, hop, on y va ». Charlie n'avait rien compris.

Adossé à la cheminée, Josh finissait son champagne. Il regarda sa montre. Ce serait bientôt marée haute. Il se demanda jusqu'où il pouvait partager avec eux l'histoire de l'île ; après tout, il était tenu au secret professionnel. Mais Kevin était docile et les autres ne connaissaient personne de quelque importance à qui ils pourraient la répéter, ils vivaient tous dans une relative médiocrité. Dans la banalité. Plus ou moins. À part peut-être la chirurgienne. Elle avait de l'ambition. Sur le canapé, Kevin tentait de réprimer le tremblement qui secouait sa jambe. À côté de lui, Sarah examinait ses ongles. Vernis pêche semi-permanent Whispering Marmelade. Katherine regardait dehors à la recherche d'un chemin où elle pourrait courir. Josh se redressa, s'éclaircit la gorge. Il avait toute leur attention.

« D'après ce que j'ai appris, la cage a été construite par la poétesse. Apparemment, cette Française qui vivait ici possédait un singe. Un petit singe. Elle avait vécu à l'étranger, quelque part en Afrique, et elle l'avait fait entrer en douce dans le pays, drogué, dans une valise. La sécurité dans les aéroports n'était pas celle d'aujourd'hui. Elle n'était pas mariée et n'avait pas d'enfant. Ce singe, elle l'aimait plus que tout au monde, c'était comme son enfant. Elle a vécu avec lui pendant plus de quinze ans sur cette île. C'était sa cage. » Katherine se demanda où avait vécu la poétesse avant l'île, l'histoire de cette femme sans enfant, libre de ses mouvements, avait ranimé son intérêt. Josh poursuivit, à croire qu'il lisait dans ses pensées. « Quand elle n'était pas dans son île, elle partageait son temps entre Londres et Paris, enfin à ce qu'on raconte. New York et Heidelberg aussi. C'était une libre-penseuse, qui aimait aussi bien les hommes que les femmes. Mais son véritable amour, c'était le singe.

— Et comment sais-tu tout ça ? » Clarice connaissait assez Josh pour savoir qu'il aimait broder, inventer. Il pouvait tirer un conte magnifique d'une banalité, créer tout un mythe.

« Grâce au jardinier », répondit-il avec assurance.

Il avait rencontré le vieux jardinier par un après-midi d'hiver, puis à de nombreuses reprises. À sa première visite, il pleuvait et un petit vent sec de nord-est soufflait. Ils avaient traversé la baie à marée basse, le froid était mordant et la grêle s'était mise à tomber. Le jardinier, gros fumeur, avait réussi à protéger ses cigarettes grâce à son bonnet de laine. Il l'avait mené à travers les rochers jusqu'à l'escalier caché. Tout du long, il n'avait cessé de parler de Madame, de ses écrits, d'un singe et de roses. En atteignant le jardin clos, en dépit des intempéries, le jardinier avait montré à Josh les rosiers à l'abandon, envahis par les adventices. « Elle insistait pour faire pousser des roses, même si c'est difficile en bord de mer à cause du vent et du sol sablonneux. » Mais le jardin était protégé derrière ses hauts murs. Il avait fait de son mieux, et les rosiers fleurissaient, des variétés Lochinvar et Princess Anne. Josh grelottait, espérant que le vieil homme en finisse, et arrête de caresser une feuille par-ci, d'en arracher une par-là.

Plus tard, dans la cuisine, puis en faisant la visite des autres pièces de la maison, une cigarette toujours vissée à ses lèvres, le jardinier lui avait raconté l'histoire de la maison de Madame. « Elle donnait des fêtes, des fêtes un peu folles. Toutes sortes de gens venaient de Londres. Ma défunte femme faisait la cuisine et le ménage. Elle préparait les chambres, les lits. Tout le monde dormait à l'étage. C'était les années quatre-vingt. Ma femme m'a dit qu'un jour un groupe de fêtards, toute une bande, s'était pointé dans des tenues invraisemblables. Des hommes qui se maquillaient », avait dit le jardinier en ricanant. « Faut de tout pour faire un monde. Il y avait aussi des princes arabes, à ce qu'on raconte, des stars de cinéma, des politiciens, des artistes, des écrivains. Ma femme m'a raconté qu'une fois elle les avait vus danser tout nus dans le jardin. Ça lui a pas plu, ça. Pas plu du tout ! »

En cette froide journée, Josh avait exploré la maison à l'abandon, imaginant les verres qui s'entrechoquaient, les rails de cocaïne, les contrats signés, les couples qui s'envoyaient en l'air dans le jardin, contre le mur, les baisers brûlants et furtifs. Ce jour-là, Josh avait entendu les rafales hurler. La maison grondait, grinçait, gémissait. À croire, avait-il pensé debout près du jardinier, que la demeure savait qu'il allait devenir son nouveau gardien. Il avait senti qu'elle s'opposait à lui, et il avait souri. Il aimait le combat, et il savait qu'il gagnerait. Pas d'autre solution. Comme il disait : « face tu perds, pile je gagne. »

À voir leurs visages ils étaient conquis par son histoire ; il y pensa de nouveau. Quelques mois plus tôt, la maison lui avait lancé un défi, et aujourd'hui, il s'apprêtait à le relever. Le lendemain, l'équipe de nettoyage emporterait tout ; la semaine suivante, la demeure serait vide, les potentiels acquéreurs se présenteraient, l'île serait vendue. Il posa la main sur la cheminée, mais la retira aussitôt en sentant le film collant de poussière et de crasse qui recouvrait le manteau.

« Le jardinier m'a tout raconté », répéta Josh en se souvenant de son interminable soliloque. Apparemment, il était proche de Madame. Pendant des années, ils avaient conçu et planté le jardin et les fameuses roses. Elle disait qu'un écrivain qui s'appelait Rilke les comparait à des livres, à leur façon de s'ouvrir et de contenir de multiples pages. La poétesse pensait que les roses guériraient l'île de son passé tragique. Car juste avant qu'elle l'achète, un homme y était mort. Le jardinier avait considéré Josh. « Il faut que je vous prévienne, vous savez, de ce qu'on dit de cette île. Comme quoi elle est maudite. Ma défunte femme pensait que c'étaient des bêtises. » Il s'était gratté la tête. « Elle disait que les malédictions, ça n'existe pas. Que ce sont les gens qui font le mal. Elle disait que les superstitions, c'est des conneries. »

À mesure du récit de Josh, Katherine repensait au cahier, là-haut, *Alphonse parmi les roses*. Aux pages couvertes d'une écriture manuscrite, de ratures et de coupures de presse : elle voulait le lire et comprendre. Qui était Alphonse ? Pourquoi était-il mort ici ? Mais Josh était passé au singe. Le jardinier avait pleuré en lui racontant tout ça. À l'époque, Josh avait trouvé ça ridicule, répugnant même – mais ça, il le garda pour lui. Les larmes, c'était quelque chose d'intime. Même quand on recevait une mauvaise nouvelle, un décès ou une perte d'emploi, garder son sang-froid était impératif. Le vieil homme, les yeux rouges, s'était mouché et lui avait expliqué que le singe vivait dans la cage, mais qu'il pouvait se déplacer en toute liberté sur l'île. La poétesse avait un sifflet spécial, sculpté dans du bois, et dès qu'elle s'en servait, le singe rappliquait, sautant sur les marches, se balançant de branche en branche, dévalant jusqu'au pied du palmier. Au début, l'animal voyageait avec elle. Mais avec le temps, les choses s'étaient compliquées. Il avait commencé à mal se comporter dans les avions et les trains, et un jour il avait mordu un enfant dans un hôtel parisien.

À cette époque, Madame s'était liée d'amitié avec une autre femme. Elle l'avait invitée à venir vivre sur l'île. « Elles étaient très, très proches, avait dit le jardinier en souriant. Il faut de tout pour faire un monde. » Quand elle s'absentait, elle confiait le singe à son amie. Elle voyageait pour aller voir ses éditeurs, se rendre à des pince-fesses, à des fêtes à travers l'Europe. La femme et le singe s'étaient habitués à rester seuls sur l'île. « Ça a bien fonctionné pendant quelques années. »

Puis, la poétesse avait fait la connaissance d'un ponte allemand de l'industrie pharmaceutique. « Il était très riche. Il avait sa propre entreprise, spécialisée dans le transport des liquides, sang, plasma, collagène, tous les types de liquide. » Apparemment, la poétesse trouvait cela inspirant et romantique, et elle écrivit une série de poèmes sur l'eau et les rêves. Une vision d'eau, disait-elle. Ses profondeurs. Elle s'absentait de l'île de plus en plus souvent. « Et son amie, je pense qu'elle se sentait seule. »

Un jour, au début de l'été, le jardinier se trouvait là. Il faisait très chaud. Il venait régulièrement arroser les rosiers. Les fleurs étaient magnifiques. En pleine floraison. À croire que rien sur l'île ne pouvait les empêcher de pousser. Écarlate, carmin, crème, rose vif. Malgré les conditions défavorables, ils avaient envahi le jardin. Une vague continue de bourgeons d'espoir.

Le jardinier arrosait lorsque Madame et son amie avaient surgi dans le jardin. Elles hurlaient, gesticulaient. La femme tenait un fusil à la main. Le jardinier savait qu'il y avait une arme dans la maison, avec un permis de chasse.

Ce fut une scène terrible. La femme accusait Madame de ne penser qu'à l'argent. « Elle l'a traitée de "salope capitaliste" et pire encore. » Le singe commençait à s'agiter dans sa cage, il criait et bondissait contre les parois. La femme déclara que si la poétesse repartait et qu'elle ne soit pas de retour la semaine suivante, elle tuerait le singe. Elle tremblait, et le canon du fusil aussi. Madame lui dit doucement « Ma chérie, tu ne ferais pas ça », et la femme baissa l'arme. La poétesse la prit dans ses bras, lui caressant le visage, avec une telle gentillesse, une telle douceur. Elles se mirent à pleurer toutes les deux, et pour finir elles éclatèrent de rire et rentrèrent dans la maison. Elles ne semblaient pas avoir remarqué la présence du jardinier. Le singe, lui, était agrippé aux barreaux de la cage et il les observait.

Seulement, avait dit le jardinier à Josh, qui maintenant le racontait à Katherine, Clarice, Charlie, Sarah et Kevin, la poétesse était retournée voir son amant allemand, et elle n'était pas rentrée. Un jour, le jardinier était revenu, il avait trouvé la grande cage vide. Le singe n'était plus là.

C'est plus tard seulement, quand il était repassé, qu'il avait vu Madame. Elle était seule sur l'île. Visage défait, le teint gris, comme vidée. En pénétrant dans le jardin clos, il avait découvert qu'elle avait décapité toutes les roses, l'une après l'autre. Ôtant les pétales, les corolles entières et les ovaires. Ne demeuraient plus que les tiges à nu. Des rangées de rosiers sans fleurs. Désignant la cage vide, la poétesse avait déclaré au jardinier : « Elle a tué le singe. Elle a jeté son corps à la mer. Elle ne reviendra jamais. Je n'aurais pas dû planter ces roses. »

Le même jour, en quittant l'île alors que la marée commençait à monter, il l'avait aperçue au bout de la clairière. Elle jetait les roses à la mer, et des brassées entières de pétales soyeux rouges et blancs flottaient sur les eaux.

Tout en achevant son récit, Josh remarqua que Kevin se mordillait la lèvre. Celui-ci en était à sa troisième canette de Red Bull. Il ignorait que le jardinier avait raconté cette histoire à Josh. Il se leva : « Je vais prendre l'air. » Il regrettait d'avoir laissé son téléphone dans la voiture, et aurait tout donné pour une clope. Ses mains tremblaient. Il alla à la cuisine, puis sortit dans le jardin, des souvenirs plein la tête. Vingt ans. La nuit où ils étaient venus sur l'île, Kevin et son oncle s'étaient faufilés dans le jardin. Il n'y avait pas de roses à l'époque. C'était avant Alphonse et avant la poétesse. Avant le jardinier. Rien que de la pelouse, une petite cabane de jardinage et une grande demeure déserte au clair de lune, se détachant sur fond d'étoiles. Et toutes ces fenêtres noires. « C'est vide depuis des années, avait dit l'oncle de Kevin. Personne veut l'acheter. » Alors il avait posé les mains sur les épaules de son neveu, pas de la manière menaçante dont il l'avait saisi dans le bateau, pas comme lorsqu'il le chatouillait et que sa main sortait de la manche de son pull rouge. Cette fois, sa main avait glissé sur la poitrine de Kevin, puis plus bas. C'était tout ce dont il se souvenait de cette nuit-là, cette sensation, la courbure de la lune, le roulis des vagues, lapant inlassablement les rives de l'île, et l'étrange horreur qu'il avait éprouvée tandis que la main de son oncle glissait, de plus en plus bas.

Un an plus tard, Alphonse était venu se cacher sur l'île. Et puis il était mort. Et la poétesse était arrivée.

Au salon, Clarice et Josh discutaient à présent de leurs projets pour l'après-midi. « Tu es exactement comme moi, lui dit-elle en lui prenant le bras, tu meurs d'envie d'explorer l'île au trésor. Tu l'as dit, c'est incroyable. » Elle frissonnait d'excitation, soudain si heureuse d'être là. Il répondit : « La marée monte, on pourra bientôt aller se baigner ou se promener. Ce soir, c'est barbecue. Il faut qu'on décampe tôt demain matin. » Katherine dit qu'elle aimerait aller nager. Si elle ne pouvait courir, ce serait déjà ça. Sarah supposait que l'eau était beaucoup trop froide pour elle ; pour sa part, elle prendrait un bain de soleil dans le jardin. Charlie ne se prononça pas. Il n'avait pas aimé l'histoire du singe et de la poétesse. Trop compliquée. Trop d'émotions. Il n'entendait rien à cette histoire de rédemption et de roses, et il avait besoin de dormir, mais il savait que Clarice ne supportait pas qu'il fasse la sieste. Il se sentait si fatigué de nouveau, à croire que cette journée lui mangeait toute son énergie.

Il entendit le parquet craquer au-dessus de sa tête. « Qui est là-haut ? » demanda-t-il, effrayé, sans avoir conscience qu'il parlait à voix haute. Josh pouffa de rire : « Charlie, qu'est-ce qui t'arrive ? Tu as trop bu ? » Clarice se porta à sa rescousse : « On devrait aller se baigner. » « Excellente idée, ça me réveillera », répondit sèchement Charlie.

Sarah fixait le sol, hagarde. « Je vais me changer », dit-elle en se levant. Elle refusait de l'admettre, mais elle aussi avait entendu craquer le parquet. Quelqu'un marchait là-haut. Par la fenêtre, elle aperçut Kevin. Ça ne pouvait pas être lui, et tous les autres étaient avec elle au salon. Sarah était certaine d'avoir entendu un bruit. Peut-être des esprits. Sarah y croyait. Sa grand-mère, Babula, l'avait mise en garde : « Méfie-toi de ceux qui sont partis dans la peine. Allie-toi aux défunts. » Une porte claqua. Une, deux, trois fois. Dans le salon, une fenêtre s'ouvrit en grand. Un coup de vent emporta les voilages, qui s'entortillèrent en une danse serpentine.

Quand Kevin entra dans la pièce, tous les regards se braquèrent sur lui. « Qu'est-ce qui se passe ? demanda-t-il. On dirait que vous avez vu un fantôme. » Il referma la fenêtre. « Merci, mon pote », dit Josh.

Katherine monta en hâte, pressée de quitter cette étrange demeure pleine de poussière. Ces portes qui claquaient. Aller nager. Dans la chambre, elle songea que la poétesse avait dormi ici, avec son amant et sa maîtresse : la femme et l'Allemand. C'était étrangement excitant. Singulier. Elle caressa à nouveau du bout des doigts la tête de lit ancienne sculptée, les fleurs, les feuilles, un ananas. Le bois était foncé, de l'acajou sans doute. Peut-être venait-il des Caraïbes. Son humeur s'assombrit. Elle se représenta les esclaves transportés dans les bateaux, avec ce bois. À l'époque, on appelait l'acajou « l'or blanc ». Des objets. Les gens comme les arbres. Vendus et achetés. Entre l'Europe et l'Afrique. Sa famille.

Son grand-père était venu de la Jamaïque, au cours de la grande vague d'immigration des années 1950 où les Caribéens étaient arrivés en masse en Grande-Bretagne. Médecin, il avait épousé la grand-mère blanche de Katherine. Puis son fils après lui était devenu généraliste. C'était de famille, cette tendance à prêter le serment d'Hippocrate. Guérir n'avait rien à voir avec la couleur de la peau. Dans les hôpitaux, pensait Katherine, les corps présentaient les mêmes manifestations somatiques. Le langage de la physiologie et de l'anatomie. Le développement des pathologies, des maladies, les inepties cliniques. Naissance. Maladie. Mort.

Josh la rejoignit dans la chambre. « Tu t'amuses ? » dit-il en s'asseyant à côté d'elle. « Tu es parfaite. » Il lui caressa doucement le dos, le bras, les jambes, puis glissa la main entre ses cuisses. Elle allait l'embrasser quand ils entendirent des bruits de pas, puis la voix de Charlie : « Vous êtes prêts ? », et Clarice qui criait : « Josh, Josh, tu viens ? » Elle fit irruption dans la chambre : « Tu viens ? » répéta-t-elle d'une voix enjouée, sautillant, gazouillant comme un oiseau. « On se retrouve en bas », répondit-il. Elle s'esquiva non sans gratifier Katherine d'un sourire qui contenait autant de compassion que de pitié. Tu n'es pas grand-chose, semblait dire ce sourire, un feu de paille, une chose insignifiante.

Dans sa chambre, Clarice enfila un maillot de bain de piscine et une longue jupe indienne qu'elle possédait depuis longtemps. Elle chantonnait en se balançant d'une jambe sur l'autre. Elle était un peu ivre après le gin-tonic et le champagne. Aussi légère qu'un cerf-volant échappant à sa ficelle. Une fois prête, elle mit du rouge à lèvres. Elle avait trouvé un tube un peu plus tôt dans un tiroir, un vieux truc que quelqu'une avait laissé derrière elle. Elle l'ouvrit, et le bâton rose pointa, modelé en oblique par une autre bouche. Clarice l'appliqua sans miroir. Chantonnant toujours, elle essaya de suivre la courbe de ses lèvres, mais déborda. Un vrai maquillage de clown. Puis elle passa son éternelle chemise bleue.

En l'enfilant, elle songea de nouveau à Evelyn. Depuis qu'elle était arrivée sur l'île, elle ne cessait de penser à elle, et cela la dérangeait. Les souvenirs d'Evelyn la harcelaient sans trêve. Ça avait commencé la veille au soir, lorsqu'elle s'était mise à pleurer après que Charlie lui avait offert la bague. Elle s'était demandé ce qu'Evelyn aurait dit de ce mariage. Puis elle s'était remémoré l'histoire du lapin. Flopsy. Quel nom ridicule pour un lapin. Un jour d'été.

Tout arrivait toujours pendant l'été. Le reste de l'année, ils le passaient en pension. L'été, ils étaient libres, livrés à eux-mêmes. Leurs parents étaient sans cesse par monts et par vaux.

Un jour comme un autre. Le déjeuner du samedi avec leurs deux familles, ensuite les parents avaient projeté de partir ensemble pour le week-end. Evelyn surveillerait les deux plus jeunes. Rôti de bœuf et *Yorkshire pudding*. Josh raconta une histoire ridicule à propos d'un garçon, dans son école, qui avait sauté par-dessus une vache, un champion de kung-fu. Personne ne le crut. Evelyn, qui avait décidé de devenir végétarienne, refusa de manger du rôti. Le ton monta. Une dispute éclata au sujet des animaux, avec son père. Un chasseur qui ne manquait jamais une saison. Clarice, elle aussi, avait à peine touché à sa viande, ce qui lui valut un rappel à l'ordre de son propre père. Le déjeuner était gâché. Le repas préparé par la mère d'Evelyn allait se retrouver à la poubelle (même si tout cela venait de chez Marks & Spencer). Le père d'Evelyn ne décolérait pas. Quel paradoxe, elle qui avait un lapin de compagnie. Une belle contradiction. C'était ridicule. Elle devrait le remettre en liberté. Evelyn répondit que Flopsy mourrait, seul dans la nature. Son père n'avait pas idée. Ce n'était qu'un richard égoïste. Né avec une petite cuillère en argent dans la bouche. Qui vivait en ville et jouait les hommes de la campagne. Un hypocrite. Un patriarche. Sexiste. Un sale con ! Son père bondit. Dit qu'il allait lui laver la bouche avec du savon. Qu'il ouvrirait la cage du lapin. Evelyn cria qu'elle préférerait tuer Flopsy plutôt que de le laisser faire ça.

Les deux couples partirent en week-end. Les portes des voitures claquèrent, et Evelyn sortit une demi-bouteille de whisky en disant à Clarice et à Josh : « On va se soûler la gueule. » Clarice avait treize ans, Evelyn quinze, Josh douze. Ils jouèrent à Action ou Vérité, et firent tourner la bouteille. Retirèrent leurs vêtements. Dansèrent les yeux fermés en chantant *Trois petites souris aveugles*. Clarice se souvenait d'avoir chanté cette comptine, puis Evelyn prit un couteau et fit semblant de les pourchasser. Quel jeu débile. À un moment, la bouteille désigna Evelyn, et Josh la mit au défi de tuer Flopsy, ainsi qu'elle l'avait dit à son père. Il riait, les yeux fous. Vas-y, c'est ton défi. Evelyn le regarda, toute pâle, et dit : « Quoi ? » Enfin, c'est ainsi que Clarice se rappelait les choses, mais tout ça restait flou car elle avait vomi et s'était endormie. Lorsqu'elle s'était réveillée, par terre, dans la salle de bains, Evelyn pleurait à côté d'elle. Elle la secouait pour la réveiller. Josh n'était nulle part, et Evelyn tenait Flopsy entre ses mains. Tout mou, semblable à une peluche. Encore chaud. Le petit lapin. « Je l'ai tué », dit-elle. Elle se mit à pleurer de plus belle. Clarice ne savait pas quoi répondre. Elle lui fit couler un bain chaud, parce que c'était ce que faisaient les infirmières au pensionnat. Vous plonger dans l'eau chaude quand vous aviez du chagrin. Evelyn se plongea donc dans l'eau, mais ses larmes ne se tarirent pas. Elle sanglotait à gros bouillons. S'il te plaît, me laisse pas toute seule. Me laisse pas toute seule. Elle avait demandé à Clarice de venir dans le bain avec elle. Clarice hésitait, ça ne lui semblait pas correct. Mais peut-être que si. Evelyn avait beaucoup de poils entre les jambes. Clarice détourna les yeux. Entra dans l'eau. Evelyn cessa de pleurer. Leurs peaux se touchaient. Mouillées et glissantes. Elles rirent et Clarice savonna le dos d'Evelyn. Au bout d'un moment, Evelyn se retourna et l'embrassa. Sur la bouche. Avec la langue, ce qui était bizarre, songea Clarice. Elle n'avait jamais fait ça auparavant. Evelyn caressa le corps de Clarice, ses seins. Enfin, c'est du moins ce qu'il semblait à Clarice. Et soudain, elles virent Josh dans la salle de bains, qui les observait. Debout à la porte, silencieux. Evelyn lui cria de déguerpir. Clarice se sentait terriblement mal en sortant de l'eau, même si elle aimait beaucoup Evelyn. Tout en se séchant, elle dit à Evelyn qu'elle l'aimait. Mais celle-ci se mit à rire, à rire, et lui lança : « Espèce d'idiote. Imbécile de Clarice. C'était juste un défi. Tu ne comprends pas ? C'est un jeu. »

Sur l'île, Clarice ne voulait plus penser au lapin Flopsy. Après ces événements, tout s'était détérioré. Quelques semaines plus tard, Evelyn était morte dans un accident. Enfin, tout le monde disait que c'était un accident. Mais par la suite, Clarice s'était posé des questions. Tout ça n'avait plus aucun sens désormais. C'était si vieux. Pourtant, de temps à autre, ces réminiscences venaient la tourmenter. Un murmure insistant. Pas très clair. Et le souvenir revint la titiller au moment où elle mettait autour de son cou un foulard en mousseline jaune qu'elle avait également trouvé dans un tiroir de la commode. Elle le noua, songeant à sa propre mère, occupée à faire la vaisselle dans la cuisine, évoquant Evelyn. C'était après sa mort. À la fin de l'été, parce qu'elles étaient allées lui acheter un nouvel uniforme, une taille au-dessus, et que sa mère lui avait dit : « Attention, ma chérie, tu deviens potelée. » Dans cette scène, il y avait une autre femme. Sauf qu'ils avaient un lave-vaisselle, se remémora Clarice, et que dans son souvenir sa mère était en pantalon alors qu'elle ne portait que des jupes. Quoi qu'il en soit, cela ne changeait rien à la scène et encore moins aux paroles prononcées par la mère de Clarice, lorsqu'elle s'était tournée vers son amie, souriante, en lui disant : « Comment à quinze ans peut-on prendre de l'aspirine par accident et s'endormir dans sa baignoire ? »

Katherine, Josh, Sarah et Kevin attendaient sur la pelouse. « J'aime bien ton maillot de bain », dit Sarah à Katherine, admirant le lycra noir aux rayures fluo. Un maillot de natation chic, cher et élégant. Un maillot de luxe. Une grande marque. Des chiffres surgirent dans l'esprit de Sarah. En s'additionnant, les nombres exprimaient un niveau. Où on en était dans la vie, quels vernis à ongles, voiture, téléphone, sac à main, stylo, coupe de cheveux, maison ou maillot de bain on possédait. Cela comptait, cela signifiait quelque chose. L'essentiel. Gravir les échelons.

« Merci, dit Katherine en souriant.

— Tu es sur Instagram ? » demanda Sarah. Katherine répondit non, sans se retourner. Elle mentait, et savait que Sarah le savait. Katherine avait conscience qu'elle se montrait impolie, elle s'en fichait, tout ce qu'elle voulait, c'était que ce week-end se termine. Sans laisser de traces.

Sarah regretta d'avoir posé la question. Elle aurait dû le savoir, mieux jauger la situation. Une esthéticienne. Une chirurgienne. Un boulot de luxe. Elle aurait dû le savoir. Elle n'était qu'une fille de camée, et soudain, elle pensa à sa mère, à son dernier e-mail lui demandant, la suppliant de lui envoyer de l'argent, pour aller en cure de désintoxication, pour les Alcooliques Anonymes, pour Dieu, pour le salut de son âme, pour la liberté, pour l'amour d'une mère envers son unique enfant. Sarah lisait entre les lignes, comme toujours : l'argent servirait à sniffer, à se piquer, à fumer, à avaler tout ce qui arriverait jusqu'à elle, pour que sa mère puisse continuer à flotter dans l'espace, l'œil vitreux, et disparaître avec un type qu'elle avait rencontré un soir. En boîte. Avachi sur un fauteuil, quand tout semblait, disait-elle, « auréolé de gloire ». Sarah aidait toujours sa mère à payer son loyer, à s'acheter des vêtements et de la nourriture. Et quand tout s'effondrait : elle allait à l'église tard le soir, allumait un cierge, et lui faisait un virement bancaire. « Sarah, lui disait Kevin, derrière toute cette dureté, tu as bon cœur. » Mais Sarah n'aimait pas ça. Cette bonté était une faille, qui se révélait au monde.

Charlie et Clarice arrivèrent ensemble dans le jardin. En voyant l'accoutrement de Clarice, Sarah fit la moue mais ne dit rien. Le rouge à lèvres était une catastrophe. Clarice était un cas désespéré. Celle-ci gloussa, mais Josh lui dit : « Allez. Faut qu'on bouge. Descendons à la mer. » Quand ils longèrent la cage, les parois vibrèrent. Sarah jeta un coup d'œil à l'intérieur et crut voir une ombre bouger. Elle détourna les yeux. Ils mirent le cap vers l'est de l'île.

Laissant la maison et le jardin derrière eux, ils descendirent à travers les rochers. Il faisait chaud, mais chacun sentait le souffle rafraîchissant de la brise marine. Et bientôt, l'horizon. S'ouvrant de toutes parts, dans toutes les directions que vous vouliez, pensa Josh, il pourrait dire ça à ses clients, leur parler des possibilités infinies. De cet endroit qui pouvait devenir ce que vous désiriez, où vous pouviez être qui vous décidiez d'être.

De là, ils voyaient la côte, la plage. Katherine fut la première à les remarquer. Elle aperçut les familles sur le sable, les couples qui bronzaient sur leurs serviettes près de la digue. Une excursion pour la journée. Bikinis bon marché. Seaux et pelles. Cœurs gonflables. Licornes. Les gens semblables à des bonshommes-bâtons, des fourmis en mouvement. Si lointains. Si petits. Les figures semblaient les regarder, elles aussi, quelques-unes pointaient le doigt. C'était bizarre, songea Katherine, d'être ainsi observée, d'être parmi ceux qui avaient mis le pied sur l'île, traversé l'estran. Comme s'ils dominaient les lieux, ce que Josh nommait « un petit paradis », son jardin d'Éden. Et pourtant, Katherine se sentait mal à l'aise, coincée là avec ces gens, confinée sur cette île, dont les frontières ne cessaient de bouger.

À marée haute, l'eau accentuait cette séparation. Il y avait ceux qui se trouvaient sur l'île. Et ceux qui étaient ailleurs. À croire qu'ici, sur l'île, on pouvait faire abstraction de ce qui advenait sur le rivage. Faire semblant de ne pas être liés. Pourtant ils l'étaient. Liés par l'eau. Ils appartenaient à l'océan. Le cœur était constitué d'eau à soixante-treize pour cent. Pour Katherine, ils appartenaient tous à l'eau, ils en étaient tous issus. La mer était un pont liquide, un passage mouvant entre les continents et les cultures. Katherine avait envie de plonger, de se laisser porter par la houle, d'aller retrouver les autres. Depuis la mort de sa mère, Katherine se réveillait chaque matin, fiévreuse, en sueur, seule dans ses draps repassés, les muscles du dos tendus, les mains palpant les bords de son matelas. Elle cherchait les limites de chaque chose. À présent, elle ne voulait plus être vide, mais habitée par quelqu'un.

Ne plus être dans cette solitude, avec la pensée de son père, du train, et de la créature dans la pièce. Seulement maintenant, elle n'était plus très sûre à propos de Josh. Une partie d'elle était tentée de rentrer à la nage, de fuir cette maison, les bruits et les craquements, d'échapper aux mains de Josh, à ses doigts entre ses cuisses.

En bas, Sarah étendit sa serviette sur un rocher plat, puis elle y posa son sac de plage. Elle sortit une pochette rectangulaire, elle-même constituée de petites poches transparentes qui contenaient mille choses en miniature : crèmes, pansements, pince à épiler, lotions et lingettes, eau, brosse, peigne, lime à ongles, vernis, lunettes de soleil de secours, spray protecteur pour les cheveux. Sa médaille de saint Christophe. Sarah ouvrit une des poches, vaporisa plusieurs nuages entre elle et le ciel. Se passa de la crème sur les jambes. Onction. Se lima un ongle. Transformer. Embellir les choses. Ici, pas de squatters. Pas de chiens galeux. Pas de vie foutue en l'air.

Elle fit passer sa robe bain-de-soleil par-dessus sa tête, révélant un bikini pêche assorti à son vernis. Elle regrettait de ne pas avoir son téléphone. Pour prendre une photo de son corps, cadrer ses affaires, son look. La fine couche de gloss qu'elle avait appliquée. Sarah brillait, c'était ça l'objectif. Briller était la nouvelle tendance. Briller, comme si on venait de vous embrasser, pensa-t-elle, comme si on venait de baiser, ou qu'on s'y apprêtait. Amusée, elle regarda du côté des autres, certaine qu'aucun d'entre eux n'oserait prononcer le mot « baiser », ni même penser ces six lettres, ils diraient plutôt « coucher » ou « faire l'amour », ou « le faire », à part Josh peut-être. Même Sarah disait rarement « baiser ». Six lettres qu'elle aimait sans les dire, le secret de la vie. Depuis son rocher, elle regarda les cheveux blonds ébouriffés de Josh, ses yeux bleus. Son large torse. Il devait faire mouiller les filles, mais aussi faire bander les garçons, parce que c'est vrai, avec ces mecs de la haute société, on n'était jamais sûr. Derrière leur froideur apparente, tout était possible. Elle se demanda ce que ça ferait de le baiser, de le tenir dans ses bras, de lui lécher les tétons, et plus bas.

« Ça va ? » demanda Kevin. Il portait un caleçon de bain et un tee-shirt. Pourtant Kevin ne se baignait jamais. Elle le savait. Il avait appris à nager, Sarah avait vu des photos de lui, petit, dans l'eau. Mais à présent, qu'ils soient à Bournemouth ou à Ibiza, il restait au bord, pareil à une libellule. Une énorme présence aux aguets, nerveuse. Kevin était tout le temps secoué de tremblements. Même en cet instant, planté sur ce rocher à côté d'elle, il n'était pas assis, pas serein, et sirotait encore une canette de Red Bull. Sarah voyait sa jambe qui tressautait. Ça se calmait seulement lorsqu'ils faisaient l'amour. Comme s'il concentrait toute son énergie en elle, en eux. Quand ils baisaient, il se muait en véritable câble électrique, et alors elle l'aimait. Qu'est-ce qu'elle l'aimait.

Sur son rocher, Josh ôta son short et son tee-shirt. Le vent était tombé et pendant un moment la mer fut parfaitement immobile, d'un vert émeraude digne d'un morceau d'étoffe, pensa-t-il, tel un voile qu'on pouvait saisir des doigts et soulever du sol. Puis la brise se remit à souffler, et Josh plongea avec grâce dans les flots agités. Il fendit la surface selon un angle parfait, à quarante-cinq degrés. Pas d'hésitation, pas de plat maladroit. L'eau se referma sur lui, le saisit de son étreinte gelée. Morsure de glace enveloppant sa peau comme une carapace, dessinant sa forme dans le froid.

Il émergea des vagues. « Waouh. » Il secoua la tête pour s'ébrouer. Il se sentait vivant, des pieds à la tête. Une *amabilis insania*. Un ravissement par le plaisir. Une folie. Josh nagea en direction des rochers et sortit. Il regarda sa montre. Il avait la chair de poule. Encore six heures avant la marée basse, pensa-t-il.

Sarah vit Katherine entrer dans l'eau en exécutant un plongeon plus parfait encore que celui de Josh. Son corps pareil à une lame puissante, aussi efficace qu'une épée. Une oblique d'acier déterminée. Sarah admirait le corps de Katherine. Par-dessous ses lunettes de soleil, elle jeta un coup d'œil à Clarice ; elle trouvait que celle-ci se laissait aller, négligeait son corps, l'ignorait. Voilà ce que faisaient les hommes et les femmes, ils laissaient leur corps devenir mou et flasque, séparé d'eux-mêmes en quelque sorte. Sarah considérait que le corps était un temple, même si c'était juste une expression. Il fallait de la dévotion, avoir la foi. Comme disaient les Françaises : *Il faut souffrir pour être belle**. Être beau, c'était du boulot. Épilation à la cire, contour des sourcils, massages du corps et du visage, vrais ou faux ongles, vernis, application, extraction, muscler et tonifier, remodeler, recommencer, constamment, jusqu'à ce que le corps soit remis à neuf. Elle attrapa un magazine dans son sac et se mit à le feuilleter de son ongle pêche parfait.

En pénétrant dans l'eau, Katherine sentit le froid. Choc soudain, revigorant. Elle en eut le souffle coupé. Elle ne s'attendait pas à une température aussi basse avec ce soleil de juin. Elle nagea. Splash. Splash. Tête dans l'eau, puis dans l'air, eau, air.

En avant, toujours, sans s'arrêter. Elle revit sa mère, avec son maillot une-pièce rouge, disant : « J'ai nagé dans sept mers », plongeant depuis des rochers, dans des rivières, des océans, des lacs. Seins flageolants. Épaules droites. Cuisses blanches. Sa voix : « J'ai nagé dans sept mers ». Sa mère avait passé son enfance à l'étranger, puis elle avait épousé le père de Katherine, contre la volonté du sien, parce que c'était « un homme noir », et un compromis avait été trouvé, parce que c'était « un docteur ». Katherine était plus proche de son père, un homme calme. Posé, réservé. Alors que sa mère jurait souvent à la maison : « Putain, fais chier ! », et « bordel de merde ! ». Son visage cramoisi et plissé faisait alors grincer des dents Katherine. Elle avait presque la même couleur de peau que son père. Sa mère, elle, était blanche comme un cachet d'aspirine. À l'école, une bande de filles noires avaient surnommé Katherine « Noix de Coco ». « Noire au-dehors, blanche au-dedans », chantaient-elles. La seule chose que mère et fille avaient en commun, c'était leur amour de l'eau. À présent, c'était fini, songea-t-elle en nageant, seule.

Katherine regarda le ciel à travers ses lunettes de piscine. Elle cligna des paupières. Le soleil était chaud sur son visage. L'eau salée lui piquait les yeux. La mer était vraiment glaciale. Elle poursuivit son mouvement de balancier, et prit soudain conscience qu'un courant l'emportait vers la pointe de l'île, le large. Elle ne voyait plus la plage privée, mais elle entendait le rire de Josh, et ce qui devait être les voix de Clarice et Charlie. Elle voulut faire demi-tour, les rejoindre. Nager à contre-courant. Splash. Splash. Le froid l'engourdissait à présent. Fouettant sa peau, s'infiltrant dans sa chair. Épuisée, elle se mit à nager plus vite, à l'aveugle.

Au loin, elle aperçut Josh, Charlie, Clarice et Kevin. Ils lui tournaient le dos. Si elle se noyait, songea Katherine, si jamais ce jour-là, à cet instant, elle sombrait dans les eaux de juin, elle pourrait rejoindre sa mère. La tête sous l'eau, elle se demanda où était sa mère. Était-elle là ? Tout à coup, elle imagina son visage qui se tournait vers elle, elle la vit un instant, ses yeux entre gris et bleu-vert, leurs regards se rencontrèrent. Sa mère était vêtue de sa robe préférée, en soie jaune. Sa robe flottait, s'épanouissait dans l'eau. À la manière d'une fleur. Une corolle délicate. Elle riait, et Katherine eut envie de plonger, de pleurer, de prendre sa mère dans ses bras, qu'elle la serre contre elle. Une dernière fois. Se laisser étreindre. Avec tendresse. Se laisser aller par le fond, pensa-t-elle, tandis que ses bras continuaient de fendre l'eau, de la faire avancer. Se laisser sombrer pour arrêter les minutes, les secondes. Se laisser sombrer pour rejoindre sa mère.

Et Katherine se laissa sombrer. Un bras hors de l'eau. Ses doigts s'agitant à la surface. Josh se retourna et crut qu'elle lui faisait coucou. Il agita la main en retour et revint à sa conversation avec Clarice et Charlie.

« Kevin et moi on a négocié une exclu pour l'île qui va vous faire halluciner. Avec la vente de Calypso, on sera riches comme Crésus. » « C'est bien connu, Crésus a touché le pactole. Il est devenu immortel », commenta Clarice. Kevin haussa les épaules, de toute façon sa commission serait minuscule comparée à celle de Josh. Parce qu'il était le patron. Question de hiérarchie. C'était la vie. Même si au départ c'était son idée à lui, même si c'était lui qui avait rencontré le jardinier et initié toute l'aventure de Calypso. Sarah revint à son article, qui expliquait comment coiffer ses cheveux, quels produits acheter pour un look naturel, puis elle regarda la mer. Katherine, tête hors de l'eau, tête sous l'eau, à peine hors de l'eau, sous l'eau, trop longtemps, beaucoup trop longtemps. Ses doigts. Sa tête.

« Katherine ? » dit Sarah, mais personne ne l'écoutait. Puis elle la vit avancer de nouveau, nager vers les rochers. Ses mains pareilles à des rames, sans ralentir. L'écume tout autour, folle effervescence blanche. Sarah la vit heurter les rochers, disparaître. Elle se leva d'un bond. La tête de Katherine réapparut, le sang coulait sur son visage. Sarah se précipita, et essaya de la sortir de l'eau. « Au secours ! » cria-t-elle.

Les autres accoururent, hissant Katherine sur les rochers. Sonnée, elle se demandait ce qui s'était passé. La peau à vif, comme si elle avait des engelures et se tenait trop près du feu. « C'est bon, ça va aller », ne cessait-elle de répéter, grelottant, cherchant désespérément de l'air. « C'est bon, ça va aller. » Elle détestait qu'on la touche. Ces doigts sur sa peau. Clarice lui frottait les bras et le dos. Josh lui prit la main et déposa un baiser sur sa joue. Charlie examinait sa plaie. Ils se tenaient tout près, trop près de son corps tremblant. Elle savait qu'elle était en léger état de choc. Observation. Évaluation des fonctions vitales. Diagnostic. Pronostic. Traitement. Glucose. Air. S'écarter de la patiente. Du sang coulait de sa blessure jusque dans ses yeux. Rideau rouge. Elle n'y voyait plus rien. Il fallait examiner la plaie, appliquer de la gaze stérile. Les autres ne se taisaient toujours pas. Josh lui caressa le visage.

« Laissez-moi, s'écria-t-elle. S'il vous plaît ! » Elle se leva. Les autres reculèrent. Katherine prit sa serviette et, furieuse, elle remonta parmi les rochers, entendant Clarice murmurer dans son dos : « Quel caractère ! », et Josh soupirer. Une fois dans le jardin, elle se laissa choir au pied du figuier et essuya le sang sur ses joues. Elle avisa les fruits, figues vertes, globes oblongs à la peau épaisse et nervurée, doux comme des oreillers.

Enveloppée dans sa serviette, protégée du soleil par l'épais feuillage, les branches entrelacées, elle se remit à frissonner. Le sang lui coulait toujours sur le visage. Classique blessure à la tête, avec saignement abondant dû aux petits vaisseaux superficiels sous la peau. Rien de sérieux, mais Katherine voulait rentrer examiner la plaie, seulement elle ne savait pas si elle pourrait tenir debout, ni même si elle devait tenter de se lever. Elle resta allongée un moment, en se demandant pourquoi elle avait accepté de venir ici avec Josh. Ce n'était pas raisonnable. Pas raisonnable du tout. Après deux rencarts, alors que son père lui avait demandé de passer le voir ce week-end. « Je pars avec des amis », avait-elle dit. Partir avec des amis, mais pourquoi avait-elle dit ça ? Elle voulait le voir. Tout de suite. Pleurer avec son père. Puis elle entendit la petite voix de Sarah : « J'ai une trousse de premiers secours, tu veux que je nettoie la plaie ? » Katherine la laissa faire. Elle se demanda comment elle avait pu oublier sa propre trousse. État de choc, pensa-t-elle, deuil et état de choc. Sarah s'agenouilla à côté d'elle, sortit de sa trousse un spray antiseptique, des lingettes, des pansements et de la crème. Puis s'appliqua à nettoyer et désinfecter la plaie en douceur. Les lèvres de la plaie, pensa-t-elle, quelle drôle d'expression, comme si on allait les maquiller. Sarah posa un morceau de gaze qu'elle fixa avec un sparadrap. Allongée, couverte de la serviette de Sarah, Katherine se laissait toucher. Puis, Sarah étendit une autre serviette sur l'herbe, et s'installa à côté d'elle.

« Je pense que tu n'auras pas besoin de points de suture. »

Ils papotaient toujours au bord de l'eau. La mer remplissait les mares, les failles, les goulets. De petits oiseaux criaillaient. Les goélands raillaient. Entre l'île et la côte, une nappe scintillante, verte, émeraude, le feu vert signifiait qu'on pouvait avancer, pensa Charlie. Seulement ils n'avaient pas de bateau, impossible de rejoindre le rivage en cas d'urgence. Ils étaient coincés là, suspendus aux caprices de la mer. Au moins six heures encore. À cette pensée, Charlie serra sa serviette sous son bras. Elle était sèche.

Charlie et Clarice avaient renoncé à nager. Après avoir trempé les orteils, ils avaient conclu d'une même voix : « Elle est beaucoup trop froide. » Éclat de rire. Josh, mâchoire serrée, ne les avait pas démentis. Avec Katherine, les choses n'avaient pas tourné ainsi qu'il l'escomptait. En réalité, toute cette journée semblait lui échapper, prenant des directions tout à fait imprévues. C'était peut-être une erreur de les avoir invités. Pour essayer de se prouver quelque chose, à lui-même, à la maison. Cette stupide baraque, cette histoire de singe. La poétesse et le cahier que Katherine avait trouvé : *Alphonse parmi les roses*. Dieu merci, l'équipe de nettoyage allait bientôt arriver. Effacer le passé. Faire table rase.

« Tout va comme tu veux, mon Joshy ? » demanda Clarice en constatant son irritation. Elle le connaissait par cœur, mieux que quiconque, et il ressemblait tellement à Evelyn. Cette posture fière. Ce regard. « Dieu merci, tu es là », dit Josh. Elle ne le laisserait pas tomber. Evelyn disait toujours qu'on pouvait compter sur elle. C'était une sorte d'appartenance. Clarice souriait, les vieux amis, il n'y avait que ça de vrai.

« J'ai trouvé ça, là-haut. » Elle lui montra la carte sur la brochure, où les sentiers étaient marqués par une ligne en pointillés. Un chemin suivait les contours de l'île.

« Il y a des ruines romaines près du puits, ajouta Charlie en désignant la pointe. Autour du site où ils ont trouvé la source. De l'eau douce sur une île, c'est tellement rare. » Charlie se représenta les vestiges : une pierre gravée, usée par les ans, couverte de mousse, les ruines d'un mur ancien.

« Très bien, dit Josh, allons-y. La vue est incroyable depuis la pointe. » Il se frotta les mains, marqua une pause : « Au retour, on s'occupera d'allumer le barbecue. » Josh visualisa une allumette, la cage en feu. Le palmier. La porte d'entrée. La maison. Des murs au plafond, l'incendie gagnait. Les flammes se propageaient d'une pièce à l'autre, engloutissant les livres, les tables et les chaises. Les vieux matelas. Tout brûlait. Le brasier illuminait jusqu'au paradis, et flambait en enfer. Une chaleur insupportable. Une pluie de cendres délicates. L'île s'embrasait. Un sacrifice au cœur de la fournaise.

« Kevin ? » Josh secoua la tête, brisant son rêve fiévreux. Cela lui arrivait souvent, avant de conclure une grosse affaire, il imaginait le bâtiment flamber. Frotter une allumette, foutre le feu. Détruire son avenir. « Kevin, tu viens ? » lança-t-il d'un ton sec.

Kevin aurait aimé qu'on l'en dispense. Il ne voulait pas retourner là-bas, à la pointe. Il ne pouvait pas y aller, il ne savait même pas ce qu'il était venu faire là. C'était trop. Sa mère l'avait prévenu, quelques mois plus tôt, quand il lui avait demandé les coordonnées du jardinier pour vendre l'île. « Rien de bon ne peut sortir de cet endroit. » La veille, il avait pourtant persuadé Sarah de l'accompagner. « On va bien s'amuser », avait-il promis. Il s'était plié aux ordres de Josh, son patron, son ami. Car il était l'ami de Josh. Oui, ils étaient potes. Il était son bras droit. Josh le respectait, l'appréciait. Pour Kevin, Josh était la personne toute désignée pour vendre l'île. L'homme de la situation. Le mec parfait pour le job. Il y avait de l'argent à se faire. Voilà ce que voulait Kevin. Mais son idée ne lui apparaissait plus si évidente, ses convictions vacillaient. Depuis qu'ils étaient arrivés sur l'île, Josh était bizarre. Peut-être n'étaient-ils que des faire-valoir pour lui. Sarah l'avait alerté, après avoir entendu ses blagues sur les ouvriers. Les mères célibataires. Les pauvres. Kevin observa les gens sur la plage, un enfant bâtissait des châteaux de sable, puis les détruisait. Construction. Démolition. Les parents, affalés sur leurs serviettes de bain, immobiles tels des cadavres. Kevin eut envie qu'ils se lèvent, regardent l'horizon, l'aperçoivent, là-bas, debout sur cette île, le montrent du doigt. Il était arrivé jusque-là. Il avait réussi. Regardez-moi.

« Et comment, bien sûr que je viens ! » Kevin tapa dans le dos de Josh, laissant sa main s'attarder. Un geste clair, ferme. « Je passe devant. » Il les mena sur le chemin qu'il avait suivi vingt ans plus tôt. Aujourd'hui, c'était grand soleil. Plein d'oiseaux dans le ciel. Des tourne-pierres planaient, des fous de Bassan plongeaient, les huîtriers poussaient de petits cris. Naguère, il faisait nuit, le chemin était éclairé par leurs lampes torches, qui projetaient une lumière discrète. À présent, c'était un sentier sablonneux, bordé de rochers, d'ajoncs hérissés aux fleurs jaune vif qui dégageaient un parfum de noix de coco – disait sa mère –, de touffes de salicorne et de chou marin. Devant la pointe. Effilée comme une aiguille. « Si tu ne prends pas ta journée en main, c'est elle qui s'en chargera. » Kevin se rappelait ces paroles de Josh, une invitation à aller de l'avant. Si tu ne prends pas ta journée en main, c'est elle qui s'en chargera. C'est ce que disaient les coachs de vie lors des stages. Répétez. Passez à l'action. Soyez positif. Positif. La confiance en soi a un impact direct sur nos capacités. Motivez-vous. Oubliez le passé. Les ombres. Le chaos. Mais alors, il faisait nuit, et la nuit refusait de le laisser partir. Il avait onze ans et la nuit refusait de le relâcher. Cette nuit-là, son oncle avait poussé Kevin en avant, et il était tombé par terre, s'était étalé dans le noir, et puis son oncle s'était retrouvé sur lui. La méditation ne perçait pas au cœur de cette nuit. La visualisation mentale disparaissait. La lumière. Impossible d'être positif. Son oncle avait poussé, poussé, jusqu'à ce que Kevin tombe dans le vide, s'envole loin de son corps. L'autre était en lui. Pantalon et caleçon sur les chevilles. Kevin s'était enfui, hors de lui-même.

« Je crois qu'on y est presque, dit Charlie. On devrait voir les ruines d'un fort romain et le puits. C'est comme ça que l'île a pu être occupée, grâce à la source. » Sa voix montait à mesure qu'il parlait sous l'effet de l'excitation. Ils atteignirent la pointe, le puits en pierre, le mur en ruine. Sur la pente verdoyante, Charlie s'élança, caressant au passage les briques anciennes et les pierres. « Les gens viennent ici depuis plus de deux mille ans. C'est miraculeux... » Il leva les yeux, Kevin avait sorti de sa poche une nouvelle canette de Red Bull, dont il balança la languette dans l'herbe. Kevin regardait vers le large. C'était sans fin, et terrible. Dépouillé. C'était là que la chose s'était produite, avec son oncle. Sur l'herbe, la nuit. Et...

« Tu ne ramasses pas ? » fit sèchement Charlie, en désignant la languette de métal par terre. Kevin fixa Charlie dans les yeux : « Je ne crois pas, non. » Il eut envie de lui mettre son poing dans la figure. De lui fracasser la mâchoire. Lui exploser la lèvre. Lui coller un bleu, pareil à une grosse quetsche. En faire des boutures. Tout un verger d'ecchymoses. Kevin baissa les yeux et vit ses mains crispées sur la canette. Il ne tremblait plus, il tressaillait.

« C'est un site historique, important pour la communauté locale », déclara Charlie, et Kevin eut envie de lui dire de se les mettre bien profond, l'histoire et la communauté locale, d'ailleurs qu'est-ce qu'il y connaissait à l'histoire de cette île et de la communauté locale ? Il n'avait pas vécu dans les environs, il n'avait pas grandi ici, il ne s'était jamais réveillé à minuit quand son père partait pêcher. N'avait jamais connu la gloire d'une belle prise. Le pont couvert de monceaux de poissons frétillants. Les maquereaux d'argent qui suffoquaient. Les araignées de mer. Les tourteaux et les homards. Exportés en Espagne. Juste pour vivre. Pour survivre. Il n'avait jamais connu les bagarres et les ivrognes. Jamais mis les pieds sur un bateau. Essuyé une tempête. Les mains engourdies par le froid. Il n'avait jamais glissé. Se cassant le dos. Vaut mieux un mari noyé qu'un mari alcoolique, disait-on par ici en se marrant. Les tontines pour Noël. Boire et pleurer. S'en prendre aux dingues dans le genre d'Alphonse, parce qu'ils causaient des problèmes. S'en prendre à ceux qui venaient d'ailleurs acheter une maison de vacances et qui faisaient grimper les prix pour les locaux. S'en prendre aux étrangers qui n'achetaient pas assez cher le poisson : autant le remettre à l'eau. Juste pour vivre. Pour survivre. « C'est rien qu'un putain de mur », dit Kevin, et il donna un coup de pied dans une pierre et l'envoya valdinguer au fond de la mer.

Sarah et Katherine étaient montées à l'étage. « Tu devrais aller t'allonger, avait dit Sarah. Tu es toute pâle ! » En effet, Katherine avait un teint de cendre. Dans la chambre, Sarah dénicha des draps propres et une couette encore enveloppée dans une housse en plastique. Toute neuve. C'était typique de Josh, ça, d'acheter une couette juste pour une nuit. L'argent lui brûlait les doigts. Pièces, billets de banque. Il suintait le pognon. Josh était une sorte de Midas, et Kevin profitait un peu de son rayonnement, de son fric, de son pognon, de sa thune, de son capital. Josh jouait au Monopoly, et il jouait bien. Mieux valait rester dans ses bonnes grâces. Mieux valait être amis qu'ennemis.

Tout en aidant Katherine à faire le lit, Sarah se demanda si Josh la traiterait correctement, ou s'il se contenterait de la baiser et de passer à autre chose ainsi qu'il le faisait toujours. Mais bon, peut-être que Katherine avait juste envie de s'envoyer en l'air avec un golden-boy. Sarah, elle, savait qu'elle avait besoin d'amour en dépit de tout, et Kevin était le bon. Pas d'aventures d'un soir pour elle. Elle avait l'intention de se marier. Bientôt, le plus vite possible. Elles tirèrent le drap chacune de leur côté, enveloppèrent les coins, le bordèrent sous le matelas. Par la fenêtre ouverte, on entendait les vagues. Des courants féroces, avait dit le cousin de Kevin, car les marées ici étaient dangereuses. Des gens avaient été emportés, s'étaient noyés. Comme l'oncle de Kevin. Héros de la famille. Quel homme !

En bordant les draps, Sarah remarqua le cahier par terre. « Qu'est-ce que c'est ? » En le feuilletant, elle tomba sur le titre d'un article : *Un homme de la région accusé à tort. Suicide sur l'Île Sombre*. C'était l'histoire d'Alphonse, un gars d'un village des environs qui avait des « difficultés d'apprentissage », et qu'on avait accusé à tort d'attouchements sur des enfants. Il avait été pourchassé par les villageois.

S'était réfugié sur cette île, dans une cabane, et n'avait jamais pu en repartir. Alors il avait mis des galets dans ses poches.

« Katherine, il faut que tu lises ça. C'est pour ça que la poétesse a planté toutes ces roses à son arrivée. En mémoire de ce pauvre homme, Alphonse. » Mais Katherine était si fatiguée qu'elle n'eut pas la force de répondre. Tout ce qu'elle voulait à présent, c'était fermer les yeux et dormir. Les eaux glaciales avaient sérieusement refroidi son corps. Depuis l'enterrement de sa mère, ses nuits étaient hachées, elle travaillait dur, enchaînait les heures supplémentaires, multipliait les recherches, prenait des nouveaux patients, n'importe quoi pour remplir ses journées. Pour mettre fin au désespoir de la créature qui s'agitait en tous sens, et à l'appel du train. Katherine se coucha entre les draps frais. Un nid propre et douillet. Sarah lui prit la main de ses doigts fermes. Katherine ferma les yeux et sombra dans un profond sommeil.

À l'extérieur, Josh rassemblait du bois pour le barbecue. Le jardinier lui avait laissé un sac de charbon, mais il voulait ramasser du petit bois, ou plutôt, il avait demandé à Kevin de s'en charger. « Clarice, prépare la viande, avait-il dit. Charlie, tu t'occupes de l'accompagnement ? » Josh avait pris les choses en main. Il était doué pour ça. Les gens avaient besoin qu'on les dirige. Autrement, ils se laissaient aller. Et n'aboutissaient nulle part.

Le soleil commençait à décliner, la nuit ne tarderait pas à venir. Et demain, ils partiraient. L'équipe de nettoyage passerait derrière eux pour tout éliminer. Il avait pris le forfait complet. Du sur-mesure. Lundi il pourrait se lancer dans la vente de Calypso. Les rendez-vous étaient calés, les clients avaient réservé.

Ces morceaux de passé se disloqueraient. Trois petits tours et puis s'en vont. Josh huma l'air, l'odeur de l'herbe, de la terre chauffée. Bientôt, ce serait l'été, la saison préférée d'Evelyn. Il pensa à elle. C'était en juillet et en août qu'ils passaient le plus de temps ensemble. Des jours sans fin. Pendant que dans une pièce voisine, ou ailleurs, leurs parents buvaient du gin, discutaient perspectives, avenir. Si lointains. Dans ses souvenirs d'enfance, ses parents étaient toujours à l'arrière-plan, un peu flous, alors qu'Evelyn et Clarice étaient au premier plan. Souriantes. Quand Evelyn était morte, Clarice était devenue sa sœur. En quelque sorte.

Josh avait envie qu'Evelyn soit là, pour pouvoir lui demander : « J'ai presque trente ans, faut-il que je me marie bientôt ? » Il devrait se trouver une épouse. Une femme pas trop ambitieuse, pas comme Katherine. Et devait-il changer de carrière avant qu'il soit trop tard ? « Les portes se ferment à mesure que tu vieillis, avait confié un jour son père à Evelyn. Les possibilités sont de plus en plus limitées. » Elle avait explosé de colère : elle avait seulement quinze ans. La vie n'était pas un tunnel dont la circonférence rétrécissait peu à peu. Cet été-là, elle avait voulu quitter l'école pour devenir activiste et défendre la cause animale. Pénétrer dans les laboratoires. Se battre. Elle refusait de croire que la vie puisse rapetisser autour d'elle à la manière d'une pièce dont les murs se rapprochent. « Faux », avait-elle répondu tranquillement, à mi-voix. Son père ambitionnait que la brillante Evelyn intègre très tôt Oxford, étudie le droit. Elle était tellement intelligente. Evelyn était un prodige. Un corps céleste. Elle réussissait dans tout ce qu'elle entreprenait. Son avenir était déjà tracé, avant même sa naissance. Des portes se refermaient. D'autres s'ouvraient. Couloirs. Salles de bal. Examens. Robes et perruques. Des bureaux au sommet de vertigineuses tours de verre. Épouser un homme beau, riche et blanc. Mettre au monde des bébés à la peau rosée, laiteuse.

Josh avait douze ans quand sa grande sœur était morte. Après sa disparition, le silence s'était abattu sur la famille. Après Evelyn, Josh se heurta à une longue suite de murs, un labyrinthe immense, impénétrable. Partout où il posait les yeux : le silence. À l'école, les cravates serrées autour de son cou. À la maison, ses parents qui buvaient en compagnie de leurs amis. Cela lui serrait la gorge, étouffait sa voix. Il aimait Evelyn plus que tout au monde, même après qu'elle avait tué Flopsy – et puis, si c'était lui qui l'avait mise au défi pendant le jeu. Evelyn était si forte. Elle était invincible. Ce n'est qu'un jeu, l'entendait-elle lui dire, tandis qu'il ramassait des brindilles pour allumer le feu en songeant à l'île. À la vente. Son avenir. « N'oublie jamais ça, avait-elle dit. Ce n'est qu'un jeu. Il faut jouer. » Josh examina le ciel, des bandes blanches de cirrus, indifférentes. Calypso était la plus grosse affaire de sa carrière, la commission, le pognon, la vente. Le prestige. Il n'avait pas encore trente ans. Le temps ne l'aurait pas. Les portes ne se fermeraient pas. Rien ne pouvait l'arrêter, il réussirait, poussé par un bon vent, se dit-il en souriant. Allons, c'était un jeu. Ni plus ni moins.

Dans la cuisine, Clarice sortit les barquettes de fraises de la glacière. Le rouge à lèvres rose s'était estompé, mais elle portait toujours le foulard en mousseline jaune vif autour du cou. En posant les barquettes sur la table, elle se demanda si cette écharpe trouvée là-haut avait appartenu à la poétesse ou à sa compagne. Elle caressa la fine étoffe. Cela pouvait être à l'une ou à l'autre, songea-t-elle, rêveuse, en équeutant les fraises. Avec ce foulard autour du cou, elle pouvait être la Française comme sa maîtresse. Elle pouvait sauver le singe ou lui ôter la vie. Avec un couteau, elle coupa les fraises en deux, fendant leur chair.

Charlie arriva derrière elle et posa une main sur son épaule : « Tu as l'air si heureuse », dit-il, et il l'imagina dans leur future cuisine, son épouse, avec ses enfants. Ils en avaient déjà parlé, ils en voulaient deux. Avec un intervalle savamment réfléchi entre eux. Il se figurait Clarice récoltant les fruits de l'année chaque mois de juin, se courbant pour cueillir des fraises parmi les feuilles terreuses. Elle se redressait pour aller ramasser les framboises dans les buissons piquants. Aucune ne serait écrasée. Elle tiendrait délicatement tout ce rouge entre ses mains. Une naissance écarlate. Charlie était sûr qu'il en serait ainsi. Quant à lui, il serait un vrai mec, un homme, un père, un roc.

Clarice fredonnait, une fraise entre les doigts. « Tout va bien », dit-elle à Charlie. Elle s'était promis de ne plus penser à Evelyn. De l'évacuer de son esprit. Elle pouvait désormais l'oublier. « Tout est tellement chouette. » Elle embrassa Charlie sur le nez, son futur époux. Devaient-ils annoncer leurs fiançailles ici, sur l'île ? Une occasion de célébration. Une victoire. Josh avait apporté d'autres bouteilles de champagne pour la soirée. Ils pourraient faire sauter les bouchons. Trinquer. Clarice coupait les fraises. Les mains tachées de rouge.

Dehors, Kevin cherchait du petit bois autour de la cage, brindilles ou feuilles séchées. N'importe quoi pour allumer le feu. Il jeta un coup d'œil au barbecue en brique, à l'autre bout du jardin. Il ne faudrait pas tarder à l'allumer si on voulait avoir assez de braises. Il se sentait plus calme depuis qu'ils avaient quitté la pointe, pourtant il tremblait toujours. Il avait mal à l'estomac, comme si quelque chose avait viré à l'aigre, il sentait des remontées acides dans sa gorge. Depuis le mur du jardin, il apercevait la côte et la longue plage lapée par les vagues. La marée descendait. Un peu plus tard, dans la soirée, pendant une heure, le chemin serait dégagé. En plissant les yeux, Kevin distinguait le parking et sa voiture. Il serait bientôt chez lui, demain matin. Bientôt chez lui.

La récolte était maigre, il n'y avait pas beaucoup d'arbres dans le jardin, et le bois était trop vert. Il se rappela alors les pins, au pied des marches, dans la clairière. Rien de tel que des pommes de pin pour allumer un feu.

Il appela Josh, ils descendirent les marches, franchirent le portail et rejoignirent la clairière. Le calme, songea Kevin, au cœur de cette ronde d'arbres. Lentement, il remplit le sac de poignées d'aiguilles et de pommes de pin, frottant les écailles et les stries, humant les odeurs de résine et de mer. Fleurs brunes figées. En se penchant pour en ramasser d'autres, il entendit à nouveau les huîtriers. Des petits échassiers au plumage pie, comme la robe des poneys, qui s'appelaient les uns les autres. Enfant, sur le bateau de son père, quand il pêchait à la ligne maquereaux et calamars, il adorait les entendre chanter. Ensuite, les choses avaient changé.

« Putain, Charlie me tape sur le système ! » dit soudain Josh, interrompant le fil de ses pensées. Il enfonça son bâton dans les aiguilles de pin. « Il est tellement chiant, c'est fatigant. » Josh dessinait une succession de lignes droites. Kevin se baissa pour ramasser une pomme de pin et murmura un

« ouais », ne sachant trop quoi dire d'autre, ni ce que Josh attendait de lui. Celui-ci se redressa, les épaules droites, en s'aidant de son bâton. « Il était tellement ridicule quand il a commencé à parler des intrus. Et à citer son juge de père. Franchement, je ne comprends pas comment Clarice arrive à le supporter.

— Ouais, répéta Kevin.

— Et son obsession pour l'histoire. Si cette île était à moi, je foutrais le feu à cette baraque, je la raserais, pour construire un super hôtel de luxe, avec une piscine à débordement. *Carthago delenda est.* »

Kevin sourit, il connaissait par cœur ce discours, Josh balançait une citation latine pour signifier qu'il fallait mener les choses à bien, et il embrayait sur l'argent qui faisait tourner le monde.

Josh avait débuté comme simple agent immobilier. Il avait abandonné ses études avant la fin. Peu de gens le savaient, mais Kevin comptait parmi les initiés. Une nuit de beuverie, Josh le lui avait confié : « J'ai raté mes examens de latin et de grec. J'ai décroché mon putain de diplôme à l'université de la vie. » Après avoir brillamment vendu quelques maisons, Josh était devenu directeur d'agence, prospecteur d'affaires. Cette nuit-là, il avait confié à Kevin : « Mon père est profondément déçu. Je ne suis pas Evelyn. »

Josh se releva, fit le tour de la clairière en décrivant des cercles, des courbes de plus en plus larges, en tapant sur les arbres. Des pommes de pin tombèrent. « Peut-être que je devrais m'acheter cette île, annonça-t-il à Kevin. Je pourrais trouver un partenaire investisseur, vendre une partie de mes biens, comme ma Porsche, hypothéquer mon appart, pour réunir une partie des capitaux. Ce ne serait pas évident, mais franchement, ça peut marcher. » Josh s'imagina revendre tout ce qu'il possédait pour acheter, occuper, posséder Calypso. Chaque parcelle de ce terrain serait sienne. Ce serait le plus gros risque qu'il ait jamais pris. Utiliser les fonds de quelqu'un d'autre. Récemment, un Russe intéressé par des investissements pour un de ses clients l'avait contacté. Un type particulièrement élégant, vêtu d'un costume sur-mesure, une chemise de tailleur. Son client possédait des propriétés à Knightsbridge. Plusieurs maisons à Cannes. C'était un autre monde. Un nouvel horizon. Josh pouvait jouer plus gros, de plus en plus gros. Si gros qu'il ne pourrait plus perdre. « Qu'est-ce que tu en penses, Kevin ? »

Celui-ci se força à sourire tout en se dirigeant vers le portail : « Super idée, mec », alors même qu'il sentait monter la colère en lui. Si Josh la jouait solo, il ne toucherait pas de commission. Or il avait besoin de ce fric pour rembourser son emprunt. Pour la nouvelle voiture de sa mère. Il s'arrêta, son genou tremblait, sa jambe était secouée de soubresauts. Il toucha les clés dans sa poche. Soudain, il eut envie de voir Sarah, qu'elle le serre fort, pour mettre fin aux tremblements. Sarah savait le calmer. Une fois parvenu au portail, Josh se tourna vers lui et le fixa droit dans les yeux, une étincelle dans le regard : « J'ai une idée, pour Charlie. Je te paierai si tu le fais. »

Dans la cuisine, Clarice et Charlie avaient nettoyé les miettes du déjeuner sur la table. « Qu'est-ce qu'on fait des œufs, mon chéri ? » demanda Clarice. Il répondit : « On les garde pour le petit déj. » Clarice les abandonna près de l'évier en se disant qu'elle les rangerait dans la glacière plus tard. On aurait dit des planètes, pensa-t-elle, un système solaire avec six satellites. Un par personne.

Ils prirent l'initiative de sortir la table dehors pour le dîner. « Si on la met en biais, C, dit Charlie comme il le faisait à la maison, je suis sûr qu'elle passera la porte. » Ils essayèrent de la soulever. Elle pesait son poids.

« Ça doit être du chêne. Du fait main, vu les fixations.

— Tu es tellement malin, mon chéri », répondit Clarice.

La table basculée sur le côté, ils avancèrent par à-coups, s'essuyant le front. Les rallonges s'écartèrent. Enfin, ils négocièrent le passage de la porte. Puis, une fois la table installée au jardin, ils réajustèrent les rallonges. « On forme une sacrée équipe », dit Charlie, satisfait du déroulement des opérations. Clarice ne releva pas, Josh surgit du fond du jardin. Elle lui adressa un signe, auquel il ne répondit pas. Au lieu de cela, il pressa le pas vers eux, l'air furieux.

« Mais qu'est-ce que vous foutez ? On est censés se faire discrets. Je vous ai dit qu'il ne fallait toucher à rien. On attend l'équipe de nettoyage et les déménageurs. Nom de Dieu, vous pouvez pas laisser les choses à leur place ! » Il se tut. Charlie se tourna vers Clarice, laquelle regardait Josh, perplexe et confuse.

« Joshy », dit-elle doucement en utilisant ce diminutif qu'il détestait, sans réussir à le calmer.

« Faudra que vous la remettiez à sa place après, rétorqua-t-il.

— Pas de souci », fit Clarice.

Kevin et Josh s'occupaient du feu. Kevin avait préparé un lit de pommes de pin, soigneusement alignées côte à côte. Par-dessus, il dispersa les aiguilles, les brindilles et les feuilles mortes. Josh cassa le petit bois et le disposa en zigzag. « Pour faire un feu, expliqua-t-il à Kevin, il faut trois choses. Du combustible, de l'oxygène et de la chaleur. » Josh sortit un briquet de sa poche, qui prodigua une flamme rouge et jaune. Mais une bourrasque fit soudain trembler les rosiers, agita les feuilles du figuier, souffla la flamme du briquet. Des nuages sombres défiguraient l'azur. Kevin remonta la fermeture Éclair de sa veste jusqu'au menton. Josh ralluma son briquet. Cette fois, la flamme tint bon et il l'approcha du petit bois en soufflant doucement.

Il fallait que ce feu prenne. Pas le choix. Il aimait faire des feux depuis qu'il était ado. Un si subtil mélange d'énergies. Combustible, oxygène, chaleur. Le triangle du feu. Evelyn avait été incinérée. Elle avait laissé une lettre signifiant que c'était ce qu'elle souhaitait, quand bien même sa mort était un accident. Elle voulait redevenir poussière. Josh s'impatienta : le feu refusait de prendre. Les flammes s'étaient éteintes.

Charlie était vautré dans l'herbe, en face d'eux, roupillant à moitié sur sa brochure touristique. Aucun des autres ne semblait s'intéresser à la géologie ni à l'histoire de cet endroit, à la façon dont il s'était construit. D'abord le puits, ensuite le mur. Un mur romain. Comment Kevin avait-il pu y donner un coup de pied, montrer si peu de respect pour l'histoire ? Des trucs intéressants. Les origines, le sens caché des choses. Les batailles, les Romains. La grande Histoire. Pas comme les débilités d'aujourd'hui. La brochure soulignait l'importance de protéger la faune et la flore de l'île, si on voulait réussir à la préserver, à la sauver. Il fallait juste faire un petit effort, montrer un peu d'attention...

Josh lui arracha d'un coup sec la brochure des mains. « J'ai besoin de papier ! » expliqua-t-il à Charlie sur un ton débonnaire, en lui donnant une tape dans le dos. Il froissa la brochure et la jeta dans le barbecue. Charlie en fut malade, mais il ne broncha pas. C'est rien que du papier, pensa-t-il. Josh enflamma la brochure, le papier se recroquevilla. Les pommes de pin s'enflammèrent à leur tour. Josh leva la main, imité par Kevin, ils se firent le *check* de la victoire. Josh tendait maintenant à Clarice nappe, gobelets, assiettes, couverts, le tout jetable : « Le miracle de la vie, c'est *l'usage unique**. » Puis il nourrit le feu gourmand en y jetant quelques assiettes en carton. Il les regarda brûler.

Sarah les rejoignit enfin. Elle s'était changée et avait laissé Katherine dormir après avoir vérifié que sa respiration était régulière. Sa blessure à la tête ne saignait plus, et elle n'avait plus froid. Sarah avait tiré la couette sur elle malgré tout. Enfant, lorsqu'elle passait ses étés à Los Angeles, elle prenait souvent le pouls de sa mère, approchait un miroir devant sa bouche. Elle était terrifiée à l'idée de se réveiller et de trouver sa mère mourante. Ce n'était pas sa disparition qui l'effrayait. Elle savait que sa vie serait plus simple sans elle. Mais l'idée de voir la mort approcher la tétanisait, de se retrouver face à elle, de la sentir, la renifler, la toucher. La voir s'élever tel un démon polonais dans les ténèbres. Sarah était pétrifiée à la pensée de rencontrer la mort, et de ne pas pouvoir lui résister. De céder à ses avances.

Elle portait une longue robe légère, qu'elle avait choisie la veille au soir dans sa garde-robe. Assez jolie. Un peu trop peut-être. Debout près du palmier, elle sentit les yeux de Josh et Kevin posés sur elle, pareils à des miroirs reflétant ses formes. Elle avait l'habitude qu'on la regarde, elle connaissait son pouvoir de séduction. Il fallait savoir faire usage des atouts dont on disposait. Leurs prunelles étaient posées sur les courbes de son corps, tels des métronomes évaluant son allure. Son sex-appeal. Leur désir. Elle releva le menton et se cambra. La robe traînait par terre et les plis du tissu flottaient autour d'elle, épousant son ventre, ses seins, ses cuisses. Kevin lui sourit, il savait qu'elle savait qu'il la regardait. Il se sentit seul près de Josh.

Sarah ressemblait à une déesse grecque, songea Josh. Il se demanda soudain ce que fichait Katherine. « Où est Katherine ? » dit-il. « Elle dort », l'informa Sarah et il ne fit pas de commentaire.

« Il vaudrait mieux mettre le charbon maintenant, proposa Kevin.

— Putain, je sais allumer un barbecue », le tança sèchement Josh en saisissant le sac de charbon que lui avait laissé le jardinier. Mais il tira trop fort et le sac se déchira. Quelques morceaux tombèrent dans l'herbe. Une pluie de météorites, pensa Kevin. Il en possédait un, un fragment de météorite, dans un tiroir chez lui. Une petite boule d'ébène chaude. « Pour toucher les étoiles », avait-il confié à Sarah, la passion qu'il vouait à la vitesse de la lumière, à la possibilité de venir d'ailleurs. « Bordel de merde, s'écria Josh à genoux dans l'herbe. Mais reste pas planté là comme ça à me regarder, file-moi un coup de main ! » Obéissant, Kevin s'agenouilla à son tour et ramassa les morceaux de charbon, puis les remit dans le sac déchiré. Josh se releva illico. Clarice se précipita pour lui tendre un torchon avec un air compatissant. Il essuya le charbon sur ses genoux et jeta les débris, un par un, dans le feu.

Charlie avait battu en retraite à la cuisine. Dans la pièce poussiéreuse, il sortit les saucisses de la glacière et une salade qu'il avait préparée la veille. Au fond il trouva des poivrons rouges et des courgettes. Il les coupa en morceaux, les sala et les enduisit d'huile d'olive. Méticuleusement, il les enfila sur des bâtonnets de bois. Vert. Rouge. Vert. Rouge. Vert. Rouge. Stop. C'est bon.

« Oh, fit Clarice en revenant à la cuisine. Tu as fait des brochettes de légumes. » D'un ton désapprobateur, elle ajouta : « Tu sais pourtant que Josh et les autres n'aiment pas les légumes. » Puis elle se mit à rire. « Mais ça ne lui fera pas de mal à Josh », car il avait bien besoin qu'on s'occupe de lui, et Clarice s'y collait souvent. C'était à elle qu'il se confiait quand tout partait en vrille. Ils se parlaient uniquement lorsqu'il avait besoin d'elle. Il l'appelait quand il était ivre, ou très occasionnellement après avoir pris de la cocaïne, mais ça, Clarice ne le disait pas à Charlie. Il lui téléphonait depuis le bar d'un hôtel chic londonien, l'élocution balbutiante : « Clarice, j'ai fait une petite bêtise. » Alors elle le consolait de ses déboires financiers, de sa voiture en morceaux, de la lampe cassée, d'une querelle avec son père, d'une fille qu'il avait insultée, ou Dieu sait quoi. Il l'appelait de Londres ou de Paris, et elle trouvait une solution. C'est vrai, il ne pouvait s'en empêcher. Et au bout du compte, il se remettait au travail le lendemain : tant qu'il y aurait de la musique, il se lèverait pour danser. « C'est un jeu, Clarice, prétendait-il le lendemain matin si elle le rappelait pour vérifier que tout allait bien. Ce n'est qu'un jeu. »

Clarice tapota le bras de Charlie : « Elles sont magnifiques », dit-elle. Puis elle avisa l'assiette avec les œufs durs. « Tu veux toujours les garder pour le petit déjeuner ? » Elle le gratifia d'un sourire, en remontant sa jupe, qu'elle portait basse, sur les hanches. Elle se dandinait, sentant la sueur couler entre ses seins, humant ses odeurs corporelles, douces et âcres. Elle regretta de ne pas avoir de déodorant, n'importe quoi pour discipliner son corps indocile. Il n'obéissait pas, ne se laissait pas remettre à sa place ; produisait des odeurs et sécrétions aux moments les moins opportuns, rougissait, tremblotait et s'affaissait de manière anarchique. Tournant le dos à Charlie, elle essuya la sueur sous ses aisselles et sous ses seins, du bout de ses manches. C'est alors que Sarah entra.

Clarice fit volte-face, déstabilisée : « Que tu es élégante ! » dit-elle à Sarah dans sa robe longue. Maquillage subtil. Tout était impeccable. Avec les bonnes formes, la bonne taille. Tout, parfait. La voix de Clarice était crispée, montant dans les aigus. Tendue comme un élastique. « Tu vas à une soirée ? » voulut-elle plaisanter. Sarah répondit d'un sourire, lisant l'embarras dans les yeux de Clarice.

« Tu veux que j'écale les œufs, Charlie ? » demanda-t-elle gentiment. Il considéra les œufs qu'il avait fait bouillir le matin même. Six promesses. Six secrets. Six vies jamais écloses. Charlie répondit : « Non, on les garde pour demain. » Sarah rebondit : « Je pourrais apporter les chips et l'apéro pour les garçons dehors.

— Excellente idée, commenta Clarice.

— J'embarque la vodka. » Sarah mélangea de la vodka et du tonic, montra la bouteille à Charlie, qui secoua la tête. Elle versa alors de bonnes doses, concoctant des cocktails costauds. À cette heure-ci, Josh et Kevin prenaient souvent de la cocaïne. « Ça me rend intelligent », prétendait Kevin. Toutefois Josh avait insisté : « Pas de drogue ce week-end. » Ils se rabattraient sur la vodka, songea Sarah. Elle ouvrit le sachet de chips et posa le tout sur un plateau : « Vous venez ? »

— Oui, oui, fit Clarice.

— Je vais préparer les saucisses et le poulet », l'informa Charlie. Il ne pouvait plus avaler une goutte d'alcool.

Charlie passa une tête dehors et observa Clarice et Sarah qui distribuaient les verres. Des nuages menaçants s'étaient amoncelés. Charlie voulut dire aux autres qu'il allait peut-être y avoir un orage, qu'il vaudrait mieux dîner dedans, tout ramener à la cuisine, boucler les fenêtres, fermer les écoutilles. Mais au moment où il s'apprêtait à ouvrir la bouche, les mots se figèrent, et il tourna la tête vers le rivage.

Kevin, lui aussi, contemplait la mer, l'horizon soudain tranchant comme le fil du rasoir, séparant le ciel et la mer. Tout était d'une clarté de cristal, malgré la grisaille. « Quand tu vois la péninsule, c'est que la pluie n'est pas loin », disait toujours son père. Kevin regarda le feu, puis Sarah, un ange dans sa robe, minuscule et forte. Il examina de nouveau les nuages de plus en plus nombreux, à l'horizon. Les orages de juin pouvaient être violents. C'était presque marée basse. Le temps pouvait tourner. Surtout pendant les grandes marées. Ainsi qu'au changement de saison, au changement d'humeur. Il s'apprêtait à dire quelque chose, mais Josh lui donna un coup de coude et lui murmura à l'oreille : « Tu n'as pas oublié ta promesse, à propos de Charlie ? Un défi. Pour mille balles. »

Kevin hocha la tête. Ça ne ferait de mal à personne, et il avait son emprunt. Les mensualités étaient salées. Comme le lui répétait Josh, « Il faut que tu continues à grimper », et puis Sarah voulait un nouveau sac à main. En cuir italien camel. Clouté. La semaine précédente, elle avait caressé du doigt les petites pointes de métal. Des pics. Des vallées. Et si Josh changeait d'avis et qu'il achète l'île, alors adieu la commission. Il avisa Charlie, immobile à la porte de la cuisine, bras croisés. Ça ne lui fera pas de mal, trancha Kevin. Il avait oublié l'orage.

Le barbecue n'était plus qu'un tas de braises. Josh le sonda du bout d'un bâton. Puis il pencha le bâton, la pointe fumante vers le sol. Avalant sa dernière gorgée de vodka-tonic, il fit signe à Clarice : « Un autre, Milady, s'il vous plaît. » Elle lui remplit son verre et esquissa une révérence, au bord du fou rire.

C'était le moment, Clarice alla chercher la viande. Elle essaya de persuader Charlie de les rejoindre dehors. Il répondit : « Je préfère rester là. » Il avait apporté des papiers du bureau et les passait en revue. « Niveau sociabilité, on repassera », fit-elle sèchement, puis elle l'embrassa sur le nez. Elle savait qu'il travaillait dur. Ils faisaient des économies pour le mariage et pour acheter une maison. Charlie était souvent fatigué. Et il s'occupait toujours si bien d'elle. Il ne prêtait pas attention à ses sautes d'humeur et lui apportait son thé au lit. Il y a des choses plus importantes, disait-il. Il avait pris soin de sa mémé avant sa mort. Il lui rendait visite chaque jour, lui offrait des fleurs. Charlie était quelqu'un de responsable. Fiable. Solide. Pourtant, dans cette cuisine, il lui parut soudain vieilli, et elle l'imagina dans vingt ans, avec une bedaine et un double menton, lisant son journal le soir, préparant ses vêtements et son attaché-case pour le lendemain. Réservant à l'avance leurs vacances annuelles. Planifiant l'itinéraire. Dressant des listes. Cochant des cases. De plus en plus gras. Leur maison, pleine de cet embonpoint. Elle se vit aussi, plus robuste qu'aujourd'hui, majestueuse, peut-être, avec leurs enfants. Une fille et un garçon à l'université. Naturellement, ils feraient de bonnes études. Puis les enfants quitteraient le nid, et il n'y aurait plus rien. Tout serait fini. D'un geste brusque, Clarice attrapa la bouteille de vodka, but une gorgée au goulot, sourit à Charlie, gêné par son geste, et s'essuya la bouche avec le foulard en mousseline jaune. « On n'a qu'une vie », dit-elle d'un ton gai et plein d'entrain. Elle quitta la cuisine sombre. En courant.

Elle donna un coup de main à Josh pour la cuisson des saucisses. Il lui tendit son verre, qu'elle but. Pendant un moment, tout fut silencieux. L'odeur de la viande qui cuisait flottait dans l'atmosphère du soir. Il faisait encore chaud dehors. Une température presque tropicale. Le soleil couchant était d'or, globe riche et radieux, jouant avec les nuages. Quand il resurgissait, les arbres prenaient une nuance d'olivine. La mer reculée tendait vers le vert-de-gris cuivré. Les rayons lustraient les buissons, l'herbe et les fleurs. Les fourbissaient jusqu'à ce qu'ils brillent. Puis le soleil disparaissait derrière l'écran noir des nuages, et tout s'assombrissait. Le vert des feuilles virait au kaki. Le figuier au brun noir. Les couleurs se brouillaient. L'air se faisait lourd et humide. Chacun d'entre eux le sentait. Il leur poissait la peau, dilatait leurs pores, pesait sur les plis et les rides, les doigts et les yeux. L'orage approchait, songea Kevin.

Dans la chambre à l'étage, Katherine dormait toujours. La fenêtre était entrebâillée. Un hélicoptère traversa le ciel. Point noir minuscule dans le cadre de la fenêtre. Envolée bavarde. Les bourrasques gonflaient les voilages vers l'extérieur, puis l'intérieur. Ils se mouvaient, doux et légers, au rythme du souffle assoupi de Katherine. Sa poitrine montait et descendait. Elle rêvait de sa mère. Dans ce songe, elle courait un marathon, et elle était proche de l'arrivée. Sa mère essayait de la contacter par radio, téléphone, écrans de télévision. Tous les moyens possibles. Katherine voulait aussi lui parler, mais elle devait poursuivre sa course. Ses jambes continuaient d'avancer. Les rues étaient pleines de gens qui criaient son nom, et soudain, elle vit la ligne d'arrivée. Sauf que ce n'était pas un ruban, cette fois, mais une barrière. Une barrière couverte d'énormes rosiers grimpants. Dont les roses pourries formaient par terre un tapis incarnat humide. Aussi glissant qu'une mare de sang.

« C'est prêt », lança Sarah depuis la porte. L'odeur de la viande cuite parvint aux narines de Charlie, qui lui dit merci. En sortant, il vit que la table était mise. Les autres étaient déjà installés, de manière formelle. Au centre, un monceau de viande cuite. Saucisses et cuisses de poulet, dorées et croustillantes. Josh faisait le service et garnissait les assiettes, tout sourire. Personne ne parlait, tout le monde était concentré sur son assiette. Aucune trace des brochettes de légumes. La place de Katherine demeurait vide. Charlie s'assit et attendit que tout le monde soit servi. Alors Josh se tourna vers lui, but une gorgée de vodka-tonic et lui lança : « Ah, tu as décidé de te joindre à nous.

— Oui, répondit-il.

— Saucisses ? » fit Josh d'une voix aiguë, imitant celle d'une femme, ce qui amusa la tablée, tandis qu'il posait une saucisse sur une assiette. Il en ajouta deux autres, ainsi qu'une cuisse de poulet. Puis il se leva et fit lentement le tour de la table. Il s'inclina vers Charlie : « Votre dîner, Monsieur », et Charlie murmura : « Merci », ne sachant que dire, ni ce qu'il avait bien pu faire. Tout le monde repartit à rire. Clarice gloussait. Sarah pouffait. « Tu devrais manger, ça va refroidir », ajouta Josh. Puis il s'empara du couteau et de la fourchette de Charlie, découpa une saucisse. Il piqua un morceau avec la fourchette et l'approcha de sa bouche : « Allez, mange », ordonna-t-il. Avec fermeté. Charlie s'exécuta et Josh lui enfourna la saucisse dans la bouche. Charlie en était malade. Les autres se marraient toujours. Sarah aussi, parce qu'elle suivait toujours le mouvement. Clarice, parce que Josh était comme sa famille, même si elle trouvait qu'il poussait la plaisanterie un peu loin. Kevin, parce qu'il voyait où Josh voulait en venir. Il savait exactement ce qui arriverait ensuite. Charlie mastiqua la viande lentement, ne sachant que faire. Enfin, il se mit à pleuvoir.

D'abord des gouttes éparses. Puis le grondement du tonnerre. Quelque chose allait éclater. Anticipation. Attente. La température chuta. Sans crier gare, les nuages crevèrent. Un coup de tonnerre arracha Katherine à ses rêves. Elle s'éveilla en pleine confusion, ne sachant plus très bien où elle était. Elle se toucha la tête, sentit les bords rugueux de son pansement, et se rappela la baignade, et puis le froid, les rochers, et quelque chose à propos de sa mère. Elle entendit les voix en bas, des portes qui s'ouvraient, claquaient, des jurons, des rires. Elle devait descendre les rejoindre. En se redressant, elle fut prise de vertige et eut froid de nouveau. Elle se rallongea. En tendant la main, elle trouva sa polaire. Quelqu'un l'avait posée là, juste à sa portée. Sarah. À présent, elle se rappelait : c'était Sarah qui l'avait mise au lit. Katherine enfila la polaire. Elle avait faim. Elle mourait de faim. Dans son sac à dos, elle trouva une barre énergétique, déchira l'emballage, mordit dedans. Puis elle aperçut le cahier au pied du lit, comme si on l'avait laissé là exprès. Elle se souvint qu'elle l'avait trouvé un peu plus tôt en bas, dans le salon. La poétesse. Sarah avait mentionné un homme. L'histoire du jardin et des roses. Elle l'ouvrit à la première page, le titre : *Alphonse parmi les roses*.

Elle commença sa lecture par les coupures de presse au sujet d'un dénommé Alphonse, un simple d'esprit accusé d'attouchements sur des petits garçons. Au village, juste en face de l'île. Accusé à tort. On l'avait envoyé vivre sur cette île. Pour le protéger du danger. Ils disaient qu'ils le tueraient, brûleraient sa maison. Un petit village. Il y avait une bonne quinzaine d'années de cela. Peu avant que la poétesse achète l'île. À l'époque, la maison était abandonnée. L'homme, Alphonse, dormait dans la cabane. Les pêcheurs du coin lui apportaient du pain. Il disait qu'il était innocent. Un jour, désespéré, Alphonse avait rempli ses poches de galets, et il s'était noyé. Plus tard, on avait prouvé son innocence. On n'avait jamais retrouvé le coupable.

Sur les pages suivantes, des esquisses de roses, puis une écriture manuscrite.

ALPHONSE PARMI LES ROSES

M'appelle Alphonse. Alphonse. Peau, jambes, bras, doigts, tête. Deux yeux. Fait froid. Froid de loup. Froid de gueux. Jusqu'aux os. Jusqu'à la moelle. Jusqu'à l'âme. Froid en moi. Moi, Alphonse. Alphonse corps à cru. Orteils gelés par le froid. Froid brûlant. Trous dans mon pull. Laine qui file. Fil sur le ventre. Chapeau déchiré. Bonnes bottes. Bonnes bottes. Caoutchouc. Orteils en feu. Alphonse et ses bottes, ils disent. Ils disent : Alphonse voilà du pain. Prends. Ils disent : Alphonse, t'as fait ça. Des pierres contre moi. Dans mon dos. Vieux dégueulasse. La bête de l'île. Alphonse voilà du pain. Tu es un homme bon. Alphonse, tiens-toi prêt cette nuit. Ancre-toi dans le noir. L'obscurité. Cette nuit est comme un puits, tombé dedans la tête en avant. Alphonse, regarde. Au clair de la lune. Alphonse regarde par la fente du mur. Tu vois la lune. Vent qui agite la porte. Vent qui hurle à la porte. Pas ici. Pas là. Personne sur l'île. Personne. Alphonse.

L'homme a dit, Alphonse va sur île. Juste quelques jours. Trois jours. Deux. Emmène Alphonse en bateau sur petite île. Jours accumulés. Quelques-uns. Jusqu'à que les choses se calment, l'homme a dit. Se gratter l'oreille. L'homme se gratte toujours l'oreille comme un chien. Jusqu'à que les choses se calment, l'homme dit. Alphonse pense calme comme nuit. Alphonse aime nuit. Hiboux. Hérissons. Cerfs. Créatures immobiles. L'air doux de la nuit. Étoiles. Plafond des nuits. Homme dit : parle pas de nuit. Alphonse silencieux. Tranquille. Policier dit : pourquoi dehors en pleine nuit ? Alphonse dit rien. Homme dit rien. Alphonse veut dire à policier bruits de pas, sable, vagues, renards, et tout le monde endormi. Une paix comme vous avez jamais connue, jamais. Goûter la paix dans vos bottes. Seul la nuit. Homme dit rien.

Alphonse a faim. Mange pain. Vieux, rassis. Vieux pain. Pain sec. Pain rongé. Pain du pêcheur. Pain d'hier. Dur dessus. Dur comme un os. Prends du pain, ils disent. Alphonse dit rien. Hommes jettent ancre près petite île. Pêche. Filets pour poissons. Casiers. Dans cabane Alphonse mange. Pense aux garçons. Alphonse sait garçons tristes. Homme dit : Six garçons maltraités Alphonse. Va-t'en, jusqu'au retour du calme. Alphonse peur de bête de l'île qui maltraite garçons. Aussi facile que cueillir fleur, broyer pétales dans sa main. Tulipes sur île, marguerites. Prés fleuris. Petits garçons qui tombent comme étoiles, comme fleurs écrasées. À coups de bottes. Alphonse porte bottes. En caoutchouc. Mange pain. Alphonse pleure.

Alphonse pleure des larmes. Des larmes comme l'eau autour de l'île. Impossibles à boire. Salées comme mer. Alphonse se lave dans mer. Eau froide sur peau. Brûle peau. Glisse sur rochers. Alphonse perdu dans l'orage des vagues. Pas renard ici. Pas buisson. Alphonse boit eau du puits. Source, petit espoir. Eau espoir. Rien que cailloux sur île. Pierre et eau, et Alphonse. Alphonse perdu. Alphonse perdu. Perdu sur île... Alphonse rêve aux roses.

Katherine feuilleta le reste du cahier. Toutes les pages étaient blanches.

Dehors, sous une pluie battante, tout le monde courait en tous sens entre la cuisine et le jardin, emportant les assiettes en carton, la nappe, les gobelets et la nourriture, les chips, les bouteilles de vodka et de champagne. Tout à coup, Kevin cria à Charlie : « Il y a quelque chose, là-bas. » Il désignait la cage. Charlie s'approcha. Il était un peu secoué par ce qui venait de se passer avec Josh. L'humiliation. C'en était trop. Maintenant, il voyait la cage vibrer, grincer sous le vent. Le tonnerre gronda. Au loin, un éclair zébra le ciel. Le grillage bourdonna quand une bourrasque le traversa, donnant vie à la structure.

« Où ça ? » demanda Charlie, en s'aventurant à l'intérieur. Il avait surpris Sarah murmurant quelque chose au sujet de l'énergie négative de cette île. Charlie ne croyait pas à ce genre de sottises. La vie, c'étaient les faits, voilà ce qu'il disait et qu'il continuerait de répéter. Seulement les gens pouvaient être mauvais, disait mémé, très mauvais. Charlie sentit Kevin derrière lui, qui repoussa la porte et la verrouilla, l'enfermant à l'intérieur. La pluie tombait par seaux, lui dégoulinait dans les yeux. Charlie se jeta sur la porte, furieux.

Kevin sourit, ses cheveux luisants et sa veste trempée semblables à une peau de phoque : « Désolé, mon pote », cria-t-il avant de se carapater vers la maison. Sa silhouette mince traversa la pelouse. Charlie s'aperçut alors que Sarah et Clarice n'étaient plus dans le jardin. Seul Josh était encore dehors. Il se dirigeait vers la cage. Charlie vit qu'il tenait un bâton dont l'extrémité traînait par terre. Il commença à le râcler contre les barreaux de la cage, en poussant des cris de singe. Il sautillait, hilare. Au-dessus de leurs têtes, des éclairs illuminaient le ciel.

« C'est bon, Josh ! aboya Charlie, essayant de se contrôler. Ce n'est pas drôle. Laisse-moi sortir. Va chercher les clés et sors-moi de là ! » Josh l'imita : « Sors-moi de là. » La pluie redoubla. « Sors-moi de là. » Charlie tendit la main vers lui, à travers le grillage, et Josh frappa la cage avec son bâton. Une, deux, trois, quatre, cinq fois. Il prenait son élan et tapait de toutes ses forces. Charlie hurla quand Josh lui frappa la main. Il se précipita vers la porte, mais Josh continuait de taper sur le grillage, encore et encore, sous l'averse. Il réussit même à déformer le métal. Des torrents se déversaient des cieux. Un déluge. L'eau, que rien ne pouvait arrêter.

« Où est Charlie ? » demanda Clarice, inquiète. Il faisait très sombre et Josh leur avait demandé de ne pas allumer la lumière. Kevin faisait les cent pas dans la pièce, nerveux, se gardant de regarder par la fenêtre, vers la cage. Il avait envie de fumer, s'en voulait de ne pas avoir apporté sa cigarette électronique. « Il fait un truc avec Josh », répondit-il, croisant et décroisant les bras, plongeant les mains au fond de ses poches humides. « Voilà », dit Sarah, qui venait de trouver les bougies. Charlie les avait soigneusement rangées près de la glacière, à portée de main, pour plus tard.

« Mais où est Josh ? » demanda Clarice, lequel entra au même moment. Il s'ébroua comme font les chiens, aspergeant les autres. Josh souriait. Ses yeux brillaient d'un bleu fou.

« Je vais chercher des serviettes », dit Sarah. Elle prit les draps de bain dans son sac de plage. Un pour elle et Kevin. L'autre pour Josh et Clarice.

« Mais où est Charlie ? » s'enquit de nouveau Sarah une fois qu'ils furent tous séchés et assis. Ils avaient laissé la table dehors. Ils mangèrent leurs saucisses avec les doigts, les assiettes en carton que Charlie avait apportées sur les genoux. Ils étaient affamés, Kevin y compris.

« Il est dehors je crois, répondit Josh. Regardez, la pluie a cessé. » Les derniers feux du couchant filtraient par la fenêtre.

Sarah ouvrit la porte. L'orage était passé, et chaque feuille, chaque brin d'herbe, fleur, épine, pétale, était couvert de gouttelettes. Le soleil brillait, explosant derrière les nuages. Une lumière violente frappa le glacis vert. Tout se mit à étinceler. Les roses anciennes étaient désormais d'un rouge sang succulent, luxuriantes, opulentes, comme taillées dans de la viande, songea Sarah.

La cage aussi scintillait, à croire qu'on l'avait parée de milliers de diamants. Une cage royale, géante, régalienne. Après le fracas de l'orage tout paraissait calme. Sarah surprit un bruit étrange provenant de l'intérieur de la cage, une sorte de grondement qui s'éteignait dans un gémissement. Puis elle aperçut une forme, roulée en boule, dans un coin à l'intérieur. Une forme qui se berçait. Le singe, pensa-t-elle, il est revenu. Elle se rappela son ruban rouge, perdu en chemin. Les morts sans repos.

Puis elle comprit que ce n'était pas un singe quand Kevin s'approcha d'elle et lui murmura à l'oreille : « Garde ton calme. Ne dis rien. C'est Charlie là-dedans. Une idée de Josh ! »

Sarah le fusilla du regard, lèvres pincées. « Putain, fais-le sortir tout de suite ! » dit-elle, et elle se rua vers la cuisine. Furieuse. Josh avait dépassé les bornes.

Clarice terminait son assiette. Josh venait juste de grimper à l'étage. Il avait emprunté l'étroit escalier qui menait directement à la chambre depuis le salon. Katherine dormait profondément. Ses lèvres ourlées formaient une volute délicate. Elle tourna la tête et soupira. Josh jeta un coup d'œil par la baie vitrée. Du côté de la péninsule, la mer était d'un vert émeraude laiteux. Les rochers d'un gris métallique surprenant. Sur les falaises, les ajoncs luisaient d'un jaune vibrant. Dans ce paysage, il plongea ses yeux brillant d'un bleu cobalt. Il devait acheter cette île, il en était sûr maintenant. Voilà pourquoi il était venu ici, pourquoi il pensait à Evelyn. Le jeu. Il contacterait le Russe. Trouverait les fonds. Il négocierait le prix à la baisse avec le propriétaire, le riche cousin qui avait hérité l'île de la poétesse. Il lui écrirait. Session Skype, sourires. Il évoquerait son amour des paysages, sa nostalgie, la maison. Dès qu'elle serait à lui, il appellerait un entrepreneur. Du travail bon marché. Des gros bras. Démolir la baraque serait facile. Ce ne serait pas une première pour Josh. Il fallait qu'elle lui appartienne. Il s'imaginait planter un drapeau au beau milieu de cette pièce avec vue sur la péninsule. Un phare en pleine mer. Une boussole personnelle. La preuve qu'il était le conquérant, le colonisateur, le propriétaire. Il transformerait cette île en nouveau terrain de jeu. Réécrirait son histoire. Abolir le passé. Construire du neuf. Une villa en béton. Un spa. Aux élégantes lignes urbaines. Des murs discrets sur tout le pourtour de l'île. La fine fleur s'y presserait. L'élite. Les Russes. Les Chinois. Les Américains. Des femmes somptueuses, prostituées ou épouses-trophées. Il dompterait la nature pour faire un monument de sable, avec le bruit de la mer et une fontaine intarissable. Il se servirait du puits, de son eau pure comme l'argent. Toujours plus. Il pourrait en faire le symbole de l'hôtel. Ça marcherait. Josh savait que ça marcherait. La tête lui tournait. Il avait le vertige. Ivresse.

Au-dessus de sa tête quelque chose claqua soudain. Dehors, le vent sifflait. Katherine soupira. Josh la contempla, et une soudaine envie de baiser s'empara de lui, le désir le consumait. Assis sur le lit, il lui caressa la joue et commença à ouvrir la fermeture de sa veste en polaire. Katherine ne bougea pas. En dessous, elle portait un tee-shirt ajusté. Ses tétons étaient durs, et Josh les caressa, puis il se pencha pour les mordiller. Il glissa la main sous l'élastique de son pantalon, jusqu'à son entrejambe.

Katherine se réveilla soudain et découvrit Josh sur elle. Sa bouche sur ses seins. L'odeur de vodka. Ses doigts en elle. Une intrusion. Une invasion.

« Mais qu'est-ce que tu fais ? murmura-t-elle avec colère en le repoussant.

— Katherine, c'est pour ça que tu es venue, pour le cul », dit Josh. Il la maintenait plaquée sur le lit, lui faisait mal. Elle se débattit, mais il lui immobilisa les mains, la cloua sur le matelas, le sexe pressé contre sa cuisse, son ventre, entre ses jambes. Son haleine chargée. « Barre-toi », hurla-t-elle. Hélas personne ne l'entendit, elle le repoussa, mais Josh réussit à lui baisser son pantalon et sa culotte. Il faisait chaud dans la pièce. Ils étaient en sueur tous les deux. « Arrête de te débattre », ordonna Josh et il essaya de la pénétrer de force, parce que après tout, c'était son week-end à lui. Elle lui appartenait. Elle était sa chose. Tout comme cette île. Cette histoire de singe. Elle faisait partie du jeu.

Sous lui, Katherine était terrifiée, en proie à la plus grande confusion. Sidérée par la sensation du corps de cet homme dont elle ne voulait pas. De son propre corps qui ne lui appartenait plus. Pendant quelques secondes, elle demeura paralysée. Tout se mélangea dans son esprit : la poétesse, l'histoire d'Alphonse. Le jardinier qui plantait des roses. Le violeur d'enfants. Le singe mort. Et Josh. La peur lui glaçait le cerveau, les muscles, les os.

Soudain, elle réussit à dégager sa main, et le frappa. Elle lui asséna un coup de poing en pleine figure. Elle prit le dessus et se mit à le bourrer de coups de poing, encore et encore, dans le ventre, puis elle lui flanqua un coup de coude entre les jambes. Tout se passa si vite qu'il eut à peine le temps de réagir. Et quand il voulut l'attraper, Katherine s'était envolée.

Elle remonta son pantalon, fila vers l'escalier, qu'elle dévala jusqu'au salon. Elle resta là une seconde, pour reprendre son souffle. Puis elle entra dans la cuisine et vit Clarice qui rangeait et nettoyait. « Coucou, Katherine. Ça va ? » Katherine baissa les yeux, avisa son tee-shirt froissé, son pantalon. Elle ne répondit pas, ne sachant plus ni où aller ni quoi faire. Sarah, revenant du jardin, entra à son tour dans la pièce. Katherine croisa son regard. Sarah resta interdite.

Dehors, Charlie eut toutes les peines du monde à convaincre Kevin d'ouvrir la cage. Le jardin était plongé dans l'obscurité. La nuit était tombée. Charlie avait promis de sortir calmement. Mais dès que Kevin lui eut ouvert, il se jeta sur lui de tout son poids, le clouant au sol. Ils se battirent, roulant par terre, haletant. Leurs cheveux, leurs vêtements maculés de boue.

Charlie était hors de lui : « Salopard, salopard », ne cessait-il de hurler. Il attrapa Kevin par les oreilles et se mit à lui cogner la tête contre le sol. Comment a-t-il pu m'enfermer dans cette cage ? Comment a-t-il pu ? Tout à coup il réalisa que Kevin ne résistait plus. Malgré la pénombre, Charlie vit qu'il était blême et qu'il avait perdu connaissance. Il se releva, prit une inspiration profonde, fit quelques pas avant de se pencher de nouveau vers Kevin. Il lui tapota la joue. Vérifia son pouls. « Ça va, mon vieux ? Tout va bien ? »

Mais Kevin s'était évanoui, il n'était plus là. Dans les derniers instants avant de perdre conscience, il avait vu défiler chaque seconde de cette nuit d'été. Vingt ans plus tôt. Son oncle. Son oncle le guidant à travers le jardin désert, les mains fourrées sous le tee-shirt, sur la poitrine de ce garçon de onze ans. Son oncle, qui lui murmurait à l'oreille : « Si tu racontes ça à quelqu'un, je te vide comme un poisson. » Pas de retour en arrière possible. Nulle part où se cacher. Il l'avait emmené à la pointe de l'île. Rien à faire, à part se laisser détruire. Être détruit. Pour toujours. Ensuite, ce crétin d'Alphonse, accusé d'attouchements sur des garçons. Il était venu se réfugier sur l'île. Kevin savait ce qu'on reprochait à Alphonse. C'était l'oncle qui l'avait amené sur l'île et avait dit à qui voulait l'entendre que c'était pour le protéger. Il avait menacé d'un regard froid Kevin qui, frigorifié, tremblait des pieds à la tête : « Je ferai du mal à ton père si tu tentes quoi que ce soit. » Alphonse était mort, noyé dans la mer. Puis c'était l'oncle de Kevin qui s'était noyé. Sa mère avait pleuré à l'enterrement : « C'était un homme si bon. » Kevin avait vomi après le buffet. Les friands à la saucisse et le gâteau. Quel chaos. Deux morts. Et personne à qui raconter. Rien à déclarer.

Quand Kevin ouvrit les yeux, il vit le visage de Charlie penché au-dessus de lui. Il distinguait seulement ses yeux pleins de gentillesse. « Je suis désolé, mon pote », dit Kevin sans y penser, car c'était la première chose qui lui était venue à l'esprit. « C'est Josh qui m'a demandé de le faire. » Charlie acquiesça et l'aida à se redresser. Ils demeurèrent assis un moment dans le jardin sous les étoiles. En silence, ils les observèrent une à une. Le ciel de juin, éclairé d'un million d'astres. Lumière ancienne. Dans le lointain, ils distinguaient le faisceau jaune du phare balayant la baie.

« C'est l'étoile Polaire, dit Kevin au bout d'un moment en levant la tête.

— La Petite Ourse, ajouta Charlie. Ou le Petit Chariot.

— Tu savais que parmi les vieux pêcheurs du coin, certains appellent les Pléiades « le Filet », et suivant le degré de leur éclat, ils décident ou pas de jeter leurs filets. Mon père disait qu'on ne savait jamais ce qu'on allait attraper. Qu'on ne pouvait pas contrôler la mer. Qu'il fallait la respecter, quoi qu'elle te donne ou te prenne. Que ça faisait partie des plaisirs du métier.

À la cuisine, Clarice s'affairait, farfouillant, frottant des allumettes, allumant des bougies. « C'est quand même mieux quand on y voit quelque chose. Je me demande où sont passés Charlie et Josh. Et Kevin ?

— Ils sont dehors, répondit Sarah.

— Ah, ces garçons. Toujours à laisser le boulot aux femmes. » Elle se demandait pourquoi Katherine frissonnait, et ce qu'elle pouvait bien murmurer à l'oreille de Sarah. Elles avaient l'air tellement sérieuses, tellement tristes aussi. On ne s'amusait pas beaucoup à cette fête. Aussi Clarice avala les fonds de verres de champagne et de vodka, l'un après l'autre. L'alcool la libérait de cette torpeur morose, l'amènerait dans ce lieu de fête insaisissable où elle voulait être, où tout était possible. Où tout s'éclairait. Comme lorsque avec Evelyn, elles avaient vidé verre sur verre. Elle pouvait avoir tout ça, comprit-elle. Elle épouserait Charlie, il le fallait. Elle devait le dire à Josh. Ils fêteraient ça tous les deux.

Elle s'imagina dans sa robe de mariée. Plus svelte, rayonnante. Telle qu'elle était autrefois. Elle rit à haute voix. Mais ses seins seraient parfaits. Des pêches, des fruits mûrs, prêts à être cueillis.

« Je vais voir où est Josh », lança-t-elle. Katherine et Sarah échangèrent un regard. Katherine secoua la tête, elle ne pouvait rien révéler à Clarice. Elle était trop soûle. « Allez les filles, un peu de gaieté ! » leur dit-elle. Mais elles eurent du mal à comprendre, tant elle peinait à articuler. Clarice quitta la cuisine en titubant et trébuchant. Sa chemise bleue attachée autour de sa taille. Le foulard jaune du tiroir noué dans les cheveux. « Joshy, Joshy », appela-t-elle.

Là-haut, Josh refaisait le lit. Avec les draps neufs. La couette. Il avait remis les affaires de Katherine dans son sac, qu'il avait déposé dans le couloir. Il tomba par hasard sur le cahier en rangeant. *Alphonse parmi les roses*. Il le feuilleta. Le déchira en morceaux. Il avait déjà entendu cette histoire d'homme qui se suicidait sur l'île. N'en avait parlé à personne. Depuis le jour où il avait mis les pieds ici pour la première fois, il le savait : il fallait faire le ménage, l'île devait être nettoyée de tout ce merdier, libérée de son passé. Plus de losers qui se noient. Plus de suicides. Plus d'histoires d'enfants victimes d'abus sexuels, d'ailleurs qui connaissait la vérité ? Josh savait y faire, lui. Il avait l'esprit pratique. Il entendit Clarice l'appeler depuis le rez-de-chaussée. Sa voix parvenait à ses oreilles telle une vieille rengaine réconfortante, une habitude, une chose immuable.

Il descendit à sa rencontre.

« Il a essayé de me violer », confia Katherine à Sarah. Elle tremblait, peinait à trouver ses mots. Ils restaient coincés dans sa bouche. « Il a essayé de me violer, il faut que je quitte cette île. » Il était presque minuit à présent. Et la marée montait. On entendait sa rumeur par la porte ouverte de la cuisine. Le ressac, une voix. Un murmure. Flux et reflux. Des allusions continues. Voix après voix, à croire que chaque vague était une personne qui disait l'histoire de l'île. Une voix suivie d'une autre, un chœur liquide. Toutes les histoires. Impossibles à démêler.

« Il faut que je me barre, dit Katherine d'une voix plus forte.

— Je ne pense pas qu'on puisse, répondit Sarah. Viens, allons dehors. »

Elles avançaient dans l'obscurité, à la seule lumière d'une bougie, se soutenant l'une l'autre.

« Sarah », appela Kevin. Elle distingua sa silhouette au milieu du jardin, puis vit Charlie, la figure couverte de coupures et d'ecchymoses, de boue et de feuilles.

« Il s'est passé quelque chose », s'empressa de leur dire Sarah.

Josh descendit l'escalier et retrouva Clarice dans le salon. Elle avait apporté une bougie et du chocolat.

« Qu'est-ce qui t'arrive, mon chou ? » demanda-t-elle à Josh, qui remettait les coussins en place, redressait les piles de livres.

« Viens t'asseoir », dit-elle. Elle se leva, lui prit la main, et l'attira à côté d'elle sur le canapé.

« Joshy, raconte-moi ce qui s'est passé.

— Rien. Toute une histoire pour pas grand-chose. »

Il la fixa de ses yeux brillants : « Je vais acheter cette île et cette maison. Ce sera ça, ma carrière. Il faut que j'avance. Que je fasse preuve d'audace. Que je passe à la vitesse supérieure.

— Quelle merveilleuse nouvelle, s'exclama-t-elle. Moi aussi, j'ai un truc à t'annoncer, dit-elle en trébuchant un peu sur les mots. Charlie et moi, on va se marier. » Josh sentit un frisson lui parcourir l'échine. De nouveau, il lui fit face.

« Tu ne peux pas épouser Charlie. C'est un vrai con. » Il prit son visage muet entre ses mains, lui caressa la joue. Elle voulut dire quelque chose, mais il plaqua ses lèvres sur sa bouche. Dehors, le fracas des vagues se fit plus fort. Un goéland cria. Une bourrasque fit battre la fenêtre à l'étage.

« Joshy », murmura Clarice.

Il glissa les mains sous son débardeur rose, l'embrassa à nouveau avec empressement, ouvrant ses lèvres de sa langue. Il retira le foulard jaune de ses cheveux, la chemise autour de sa taille.

Et soudain, les autres envahirent la pièce. Charlie et Sarah munis de bougies qu'ils tenaient à bout de bras, éclairant la scène qui se déroulait devant eux. Le couple s'interrompit une seconde, sous la pression des quatre paires d'yeux qui les observaient. Puis Josh se tourna vers Clarice, lui sourit et l'embrassa. Elle lui rendit son baiser avec fougue, elle n'avait que faire des autres. « On ferait mieux d'y aller », dit Sarah.

Personne ne ferma vraiment l'œil, cette nuit-là. Sarah partagea son lit avec Katherine, qui ne cessa de frissonner, secouée par alternance de sanglots et de rires nerveux. « Ce connard ne m'a pas eue, ne cessait-elle de répéter. Je lui ai collé mon poing dans la gueule. »

Kevin et Charlie fixèrent les ténèbres jusqu'à l'aube. Kevin se demandait à qui il pourrait enfin raconter ce qui s'était passé avec son oncle. Il ne pouvait plus garder ces choses pour lui, plus maintenant. Charlie songeait à l'écrin en velours noir. À la bague que Clarice n'avait pas voulu porter ici.

Quand l'aurore se leva, la marée entamait sa retraite, exposant peu à peu les rochers, révélant les failles, un monde caché devenu visible. Ce qui était advenu se détachait désormais de ce qui adviendrait. L'aube était froide. La rosée recouvrait tout. Des nuages gris dérivaient à travers un ciel blanc. Sur la pelouse, la petite tour des bouteilles d'eau.

Ils se retrouvèrent à la cuisine, au petit matin. Charlie fit bouillir de l'eau et prépara du café. Il jeta un regard à l'assiette, près de l'évier, avec ses six œufs intacts. Ils burent leur café en silence, grignotèrent du pain rassis et du fromage. Puis ils quittèrent la maison, le jardin avec la table abandonnée au milieu.

Kevin déverrouilla le portail, que Sarah franchit la première, talonnée par Katherine puis Charlie. Kevin leur adressa un signe entendu de la tête. Enfin, il referma les grilles derrière lui, et donna un tour de clé. En glissant le trousseau dans sa poche, il songea au couple, dans la chambre, à l'étage. À présent, plus personne ne pouvait entrer sur la propriété, et plus personne ne pouvait en sortir. Kevin guida les autres à travers la clairière et l'enfilade de rochers jusqu'au rivage, droit vers la côte. Debout sur un caillou, il déclara : « On pourra traverser dans une demi-heure. » Ils attendirent.

Au-delà de la clairière, en haut des marches, à l'intérieur de la maison, dans la chambre de la poétesse, le couple s'éveillait. Josh ouvrit un œil, regarda autour de lui, et vit Clarice, endormie. Il glissa la main entre ses jambes. Clarice se réveilla, elle se sentait mal en point. Elle avisa le coin de ciel gris dans le cadre de la fenêtre. Elle sentit la main de Josh, ne dit mot. On est comme frère et sœur, songea-t-elle, et elle se demanda si le fait d'être semblables était une bonne ou une mauvaise chose. Elle repensa à Evelyn : au bout du compte, n'était-ce vraiment qu'un jeu ?

La maison craqua sous le vent. Une fenêtre claqua, en bas. Presque joyeuse, triomphale. Dehors, le soleil se levait enfin, soulignant les contours de l'île, ses frontières, ses limites. Difficile de savoir où elle commençait et où elle finissait. C'était presque marée basse.

Remerciements

Je remercie les premières lectrices de ce livre : Seraphina Madsen et Elena Lappin. Merci vivement à l'équipe de La croisée, à Emmanuelle Heurtebize pour son beau travail d'éditrice, à Carine Chichereau pour sa belle traduction, ainsi qu'à Karine Picault pour cette couverture parfaite.

Un très grand *thanks*, toujours, à mon agent, Jessica Craig.

Et bien sûr, une reconnaissance infinie à Andrew et à nos trois filles : Liliane, Alice et Sophia.

À toutes nos traversées…

la croisée

Priya BASIL – *Be My Guest*
Traduit de l'anglais par Carole Hanna

Brit BILDØEN – *Trois Chemins vers la mer*
Traduit du norvégien par Hélène Hervieu

Yoav BLUM – *La Fabrique des coïncidences*
Traduit de l'hébreu par Sylvie Cohen

Oyinkan BRAITHWAITE – *Ma Sœur, serial killeuse*
Traduit de l'anglais (Nigeria) par Christine Barbaste

Michel BUSSI – *Les Contes du réveille-matin*
Illustrés par Éric Puybaret

Hernán DIAZ – *Au loin*
Traduit de l'anglais (États-Unis) par Christine Barbaste

Martin DUMONT – *Le Chien de Schrödinger*

Aminatta FORNA – *Le Paradoxe du bonheur*
Traduit de l'anglais (Royaume-Uni) par Claire Desserrey

Anne GRIFFIN – *Toute une vie et un soir*
Traduit de l'anglais (Irlande) par Claire Desserrey

Mohamed HANIF – *Des Oiseaux rouge sang*
Traduit de l'anglais (Pakistan) par Bernard Turle

Peter KALDHEIM – *Idiot Wind*
Traduit de l'anglais (États-Unis) par Séverine Weiss

William Melvin KELLEY
Un autre tambour
Traduit de l'anglais (États-Unis) par Lisa Rosenbaum
Jazz à l'âme
Traduit de l'anglais (États-Unis) par Éric Moreau

Randy KENNEDY – *Presidio*
Traduit de l'anglais (États-Unis) par Éric Moreau

Dirk KURBJUWEIT – *Peur*
Traduit de l'allemand par Denis Michelis

Sarah LADIPO MANYIKA – *Comme une mule qui apporte de la glace au soleil*
Traduit de l'anglais (Nigeria) par Carole Hanna

Gianna MOLINARI – *Ici, tout est encore possible*
Traduit de l'allemand (Suisse) par Françoise Toraille

Dorthe NORS – *Ceinture, rétro, clignotant*
Traduit du danois par Catherine Renaud

Emilie PINE – *Notes à usage personnel*
Traduit de l'anglais (Irlande) par Marguerite Capelle

Kevin POWERS – *L'Écho du temps*
Traduit de l'anglais (États-Unis) par Carole d'Yvoire

James SCUDAMORE – *Monstres anglais*
Traduit de l'anglais par Carine Chichereau

Żanna SŁONIOWSKA – *Une ville à cœur ouvert*
Traduit du polonais par Caroline Raska-Dewez

Sarah ST VINCENT – *Se cacher pour l'hiver*
Traduit de l'anglais (États-Unis) par Éric Moreau

Lise TREMBLAY – *L'Habitude des bêtes*

Crissy Van Meter – *Créatures*
Traduit de l'anglais (États-Unis) par Mathilde Bach

Cherise WOLAS – *La Résurrection de Joan Ashby*
Traduit de l'anglais (États-Unis) par Carole Hanna

Ann YU – *Porc braisé*
Traduit de l'anglais (Chine) par Carine Chichereau

Composé et mis en pages
par Nord Compo à Villeneuve-d'Ascq
et achevé d'imprimer en février 2021
par l'imprimerie Corlet,
en Normandie.

ISBN : 978-2-413-03812-2
Dépôt légal : février 2021
N° d'imprimeur : 21010219